莱歌集

【法】法兰西的玛丽 著

钟希 译

LAIS DE MARIE DE FRANCE

ZHEJIANG UNIVERSITY PRESS
浙江大学出版社

图书在版编目（CIP）数据

莱歌集 /（法）法兰西的玛丽著；钟希译. -- 杭州：浙江大学出版社，2020.7
ISBN 978-7-308-20112-4

Ⅰ.①莱… Ⅱ.①法… ②钟… Ⅲ.①爱情诗－诗集－法国－中世纪 Ⅳ.①I565.23

中国版本图书馆CIP数据核字（2020）第051007号

北京师范大学基督教文艺研究中心，A-Ω丛书。主编：李正荣，张欣。
中世纪经典文学译丛（第二辑），主编：褚潇白。

莱歌集

（法）法兰西的玛丽 著 钟希 译

责任编辑	谢 焕
责任校对	程曼漫
封面设计	云水文化
出版发行	浙江大学出版社
	（杭州天目山路148号 邮政编码：310007）
	（网址：http://www.zjupress.com）
排　版	浙江时代出版服务有限公司
印　刷	杭州钱江彩色印务有限公司
开　本	880mm×1230mm 1/32
印　张	7.375
字　数	153千
版印次	2020年7月第1版 2020年7月第1次印刷
书　号	ISBN 978-7-308-20112-4
定　价	42.00元

译者序：宫廷之爱

呈现在这里的是一册以"法兰西的玛丽"署名的莱歌（Lais）为主的中世纪骑士文学作品集。作为一个大类的莱歌，指的是流行于中世纪法国北部等地的、内容以叙述骑士冒险为主的浪漫传奇（romance），形式上主要采用八音节体的诗歌体裁。而本集中大部分莱歌，是由主要脱胎于古法语的盎格鲁—诺曼语写就。这是一种12世纪金雀花王朝治下流行于英格兰上流贵族阶层及法国北边大部分地区的通用语，相较于同时期其他骑士文学里动辄几千行的宫廷浪漫诗，莱歌比较突出的特征是篇幅较短，通常不超过一千行。形式上则是每行八音节、每两行行尾有押韵的韵文诗体形式（octosyllabic couplet）。内容上，除了骑士文学传统固有的骑士冒险以及关于宫廷之爱的浪漫传奇之外，玛丽的莱歌中还加入了凯尔特传统中特有的仙怪传说、超自然元素。归于"法兰西的玛丽"名下的莱歌，现今保存下来的有12首，此外还包括一篇序言，全部被收入了这本集子。

那么"法兰西的玛丽"又是何人？与大多数口述文学传统（oral literary tradition）相类，关于这些莱歌的署名创作者玛丽，今天有关她的生平传记资料并不详细。人们仅知道她是生于公元1160年、卒于公元1215年，童年出生于法国、成年后居住于英格兰的女诗人。所谓"法兰西的玛丽"（Marie de France），即"来自法兰西的玛丽"之意。以出生地来为其命名，可见后人对其具体生平确实知之甚少。她的《莱歌集》前面有献给国王的序言，一般认为是献给盎格鲁－诺曼时代统治包括英格兰及法国北部的金雀花王朝的亨利二世（公元1154—1189年统治英格兰及部分法国地区）。这12首莱歌大概成诗于12世纪，于12世纪70和80年代时已出现于英格兰宫廷，但一直是以手抄本形式流传，到19世纪才结集出版。玛丽的《莱歌集》流传下来的手抄本有5种版本，而现在收藏在不列颠图书馆的13世纪哈莱978版本包括了全部12首莱歌。这个手抄本还包含了前面提到过的序言，玛丽于其中阐述了创作缘起，如她本人是受到古代希腊罗马传统激励，想创作出寓教于乐的能流传于世的文艺作品。

归于"法兰西的玛丽"名下的作品除了《莱歌集》还有《伊索寓言》等其他几种集子。但是，相类于绝大多数口述文学传统，我们并不能直截了当地确认这些流传下来的文学作品与玛丽本人之间的创作关系。换句话说，今天我们已无法知道，玛丽本人是否就是这些归在她名下的骑士文学的直接创作者。关于她的身份，学者历来有诸多推测，有的说她是一位修道院的女院长，也有人说她是金雀花王朝的私生女、亨利二世的异母妹妹。今天，我们仅仅只能推断，出生地是法国、其后居住和创作于英格兰的玛丽，是活跃于亨利二世宫廷的一位女诗人，似乎与当时的王后——阿奎丹的埃莉诺——交往甚密，也有可能得到了亨利二世夫妇对诗歌等文艺形式的资助。她似乎通晓包括拉丁文、法语、英语在内的多种语言，受过良好教育，所以极有可能来自贵族家庭，也许与宗教修道院有紧密联系，因为在12世纪的欧洲，读书识字还是只属于贵族僧侣阶层的特权。需要注意的是，在《奎格马尔之歌》的开篇，画外音提到叙述者自己的名字是玛丽。而"法兰西的玛丽"这一强调地域的指称，是玛丽创作的年代又过去4个世纪之后，16世纪的法国学者克劳德·富歇（Claude Fauchet）采用并沿用至今的。玛丽所采用的古法语，是以法国北部巴黎周边的方言为基础，但又融入了极多盎格鲁－诺曼元素。据此推断，玛丽童年时应在法国北部诺曼底地区生活过，但其成年生活及创作均是在英格兰地区，现存的作品也多是在英格兰地区被发现的。

如上所述，归在玛丽名下的12首莱歌，于1170年左右已经成形并在宫廷广为传唱，八音节韵体诗隶属于中世纪骑士－宫廷文学浪漫传奇韵体诗这一大类下。玛丽的这些莱歌，形式上并不特别强调用词炫技，风格上属于比较朴素简明的一类，比同属浪漫传奇韵体诗的香颂，篇幅要短不少。本文翻译是基于20世纪初梅森（Eugene Mason）的英译散文体。梅森采用的英文文体是19世纪末20世纪初，带有浓郁维多利亚风格的英语散文体，虽也自有风味，却不足以反映出玛丽原作的韵文诗体这一根本的形式特征，这是颇有些遗憾的。在西方学者围绕玛丽莱歌的研究中，原韵文体形式是一个非常重要的基础，其中可引申出各种音义学、语文学（philological）等多角度的解读。这样的解读，范围更广、更扎实，也更有说服力。但这本集子是严格依据20世纪初梅森的英文编译本译出，一切内容翻译也是以梅森的英译本为准。梅森的译本，是现代英语世界完整地翻译玛丽的莱歌的最早尝试之一。梅森本人翻译的初衷是给当时大众读者引入中世纪浪漫传奇。因此除了玛丽的12首莱歌，梅森还选译了其他4首同时代骑士文学的传奇作品，收入集子，命名为《法兰西中世纪传奇：法兰西的玛丽莱歌集》。译者亦按照梅森译本的顺序，将这4篇也放在集子末尾。

虽然梅森的这个译本对于专业的莱歌研究者而言精确度或许不够，但还是可以从内容上做一些关于中世纪文学母题及原型的分析解读的。这篇序言的主要部分，也着重介绍这一方面。

内容上，莱歌可以说主要是围绕着爱情历险，或更准确地说，"宫廷之爱"（courtly love）这一主题展开的。所谓"宫廷之爱"，即是指流行于中世纪贵族阶层的一种关于爱情的话语表述。这一话语限定于贵族－骑士等上流阶层，并且通常是男性骑士对地位高贵的女子的种种禁忌追求。谓之"禁忌"，其实也就是在求爱过程中受到种种阻碍：最普遍的形构便是年轻英武的骑士对地位高贵的有夫之妇的追求，最有名的例子莫过于亚瑟王传奇谱系中兰斯洛特与王后，以及特里斯丹与伊索尔德的故事，耳熟能详，此不赘言。在这种形构中，对有夫之妇的追求（adulterous affairs）情事成为宫廷之爱的主要形式：被（通常是年迈而且嫉妒、腐坏的）父权或夫权囚禁居住于高塔禁闭室中的女子，则是受到这项典型的禁忌阻碍的形象。这在玛丽的莱歌中出现得极为频繁：《奎格马尔之歌》里被年老丈夫囚禁的少女，《埃律狄克之歌》里被年老的父王拘禁的公主，《夜莺之歌》里被丈夫管束、只能通过窗棂与情人通信的女子，《尤内克之歌》里被嫉妒的年老丈夫囚禁并严加看管的妻子，《米隆之歌》里被丈夫限制了活动、要通过天鹅传书的女子，等等，不胜枚举。另一类较为特殊的禁忌，是人仙之别：在最有名的《隆法尔爵士之歌》的故事中，骑士爱上了远胜凡人的仙界女子；《葛瑞兰特之歌》也几乎没有什么变动地重复了这一母题，而在《尤内克之歌》中，囚禁在高塔中的女子是与化身为鹰飞上高塔见面的仙界贵族骑士相恋。因为是禁忌之恋，所以谨言慎行、保守秘密，是维系宫廷之爱最核心的美德条件。同样因为是禁忌之恋，所以爱情总是少有圆满，而总是在耽延、搁置；对于命运多舛的恋人们来说，约定盟誓就非常重要。而以宫廷之爱为主题的故事的展开，通常是围绕着一方由于种种原因未能保持谨慎、保守秘密，打破了盟誓，从而造成不测乃至噩运。秘密的、不可外传的恋情（secret love）与盟约（covenant），是玛丽的莱歌关于宫廷之爱的两大主题，这其实也正是隶属于受凯尔特传统影响的亚瑟王传奇这个文学谱系传统。同样也由于是禁忌之恋，肌肤之亲求之不得，很难以一蹴而就的方式圆满，所以骑士－宫廷之爱的精神性就被特别强调。

而所谓宫廷之爱，其原本的发生场所——仅限于贵族上流阶层这一社会属性——逐渐演变成了其内在的品质，从"courtly love"变为了"courteous love"。"Courteous"一词约等于高贵文雅，在玛丽的莱歌中，"courteous"是最重要的美德品性；而勇敢与文雅（brave and courteous）则是最常出现的骑士美德。细细辨析的话，"courteous"这个形容词包涵了有礼貌、殷勤、客气、谦恭之意，并且强调其人考虑得非常周到、举止高雅，这明显是从要求骑士贵族对宫廷礼仪的遵守演进而来。中文里用"文质彬彬"一词形容君子，所谓"质胜文则野，文胜质则史"，而玛丽的莱歌里对于骑士的最重要的品德要求是"brave"及"courteous"，译者以为，与中文里的"质"与"文"非常相近。勇敢是对外对敌，而文雅自然是对内对尊。"Courteous"其实也就是后世绅士（gentleman）中"gentle"温柔有礼一义。

其实，以莱歌为代表的中世纪骑士文学中对"courteous"的赞颂与反复强调，从某个角度来说，反映出社会对骑士这一首先是凭借"质"——武力立身的社会阶层的不安心理，以及想要对其劝导规训的欲望。所谓堂吉诃德式的高贵骑士，锄强扶弱、劫富济贫、匡扶正义这套说辞，是对骑士阶层比较理想化的投射，可以说是后世已经意识形态化了的一套话语。而去除意识形态话语的遮蔽，从历史化的角度做还原式理解，骑士无非只是装备精良的雇佣军阶层罢了：他们的忠诚表现在与其所侍奉的领主之间订下的契约式的盟誓；而他们对强敌勇敢作战的动力，则主要是为了赢得战利财物，论功行赏，分封封地。表面看上去是锄强扶弱的选择，如《埃律狄克之歌》所示，其实主要是因为，帮助情势居于下风的一方，若是战赢了，赢得的人情、利益更大。而骑士们屡屡追求有夫之妇，或者由于父系禁忌本无法出嫁的少女，本身是对于正常社会秩序的超越。可以说，用弗洛伊德术语来表达，若是没有"courteous"这一"超我"的约束，从某个角度而言，处于发家阶段、寻求建功立业、以雇佣军身份侍奉领主的骑士，实与"杀人放火金腰带"的恶徒相差不远。玛丽的莱歌中，对这一点是如实反映、毫无粉饰的。例如在《奎格马尔之歌》与《埃律狄克之歌》中，两位主角骑士在作战攻城时，与他们在单骑比武场上双方堂堂正正一决高下的做派截然相反，主要是靠巧计，以坐等对方消耗、偷袭、游击等既算不上高贵，也称不上仁义的智取方式，来赢得战争与奖赏的。如果我们追溯到"courteous"这一词的本源，即"与宫廷相关的，遵守宫廷礼节的"一义，就会发现后世演化出的内化了的道德品性，如高贵、文雅、温柔等义，在最开始时实是起源于宫廷礼节这些规矩、标准、条框、约束等。

那么，"courteous"在历史化的语境中最重要的特征是什么呢？至少从玛丽的莱歌中，我们可以看到：同阶层的公平竞技（fair play）是其一关键特征。公平竞技，是指骑士们在一对一的比武大会上，堂堂正正取得的胜利，不能乘人之危，或占别人的便宜。这显然是仅对同阶层同伴的义务。玛丽的莱歌中有一篇篇幅不长、情节也不曲折，但很有意思的《悲恸的骑士之歌》，讲的是四位骑士同时追求一位贵族女子，而女子为了公平起见，对四人一视同仁，不厚此薄彼（这是贵族女子"courteous"的表现）。四位骑士为了追求女子，赢得荣誉，参加了骑士比武大会，但出了意外，在四人未决出胜负的情况下，三位死去，独存一位。按照现代的逻辑，四位受对方倾慕程度完全相当的求爱者，因为意外死了三位，剩下一位，岂不是正好让幸存者抱得美人归？然而如果在"courteous"的标准下，这幸存的一位骑士，仍无法与女子在一起，因为按礼俗、规矩、戒律等，他对死去的同伴还负有义务，不然，则是对死者同伴的不公不义。这首莱歌结尾处，这位骑士对女子说，他觉得自己比死去的同伴更为不幸，因为逝者已矣，但是他作为苟活者，却还要忍受女子在旁，却不能与之结合成为伴侣的痛苦。很显然，从骑士内心的私愿来说，仍是爱慕女子、想追求到底的，但由于外在"公平竞技"这一传统礼俗戒律，一位行事举动追求"courteous"的正直骑士，也还是没有办法与心仪女子结合。而这些外在的传统、礼俗、戒律，正是"courteous"原初的题中之义。举这个例子，译者是想说明，只有我们对"courteous"这一词做了还原式的理解之后，才能更好地体会到：为何说，在对贵族女性的追求中，骑士将与"courteous"有关的礼俗戒律，升华为内在的道德品质，如温柔、克己、服务、自我牺牲等？除了公平竞技、遵守盟誓契约外，"courteous"的礼俗要求通常还包括谨言慎行，以及出手大方、救济穷苦、均分财富——这是对同伴骑士而言。在玛丽的莱歌中，任何骑士如果有幸发迹，获得大笔封赏，应当将财产散出，不仅要分与同伴，而且还要帮助那些身陷困窘的同僚骑士。总而言之，对外奋战勇敢，对内（包括对情人、同伴及所侍奉的领主）遵守礼仪、言行谨慎，对下大方，这基本概括了莱歌的时代所要求于好骑士的行为准则。可以看出，这几项德性，没有一项不是与直接行动有关的，而非后世所理解的内在的本质化的道德品质——高贵、善良、温柔、正义感等等。在莱歌所吟唱的古代世界中，一个人是其行为的总和。

玛丽的莱歌所叙述的骑士冒险传奇中，超自然元素比比皆是。概括起来，超自然元素有两类：其一是凡人与仙界的恋情，最有名的自然是《隆法尔爵士之歌》里骑士与仙女之恋这一母题，以及《尤内克之歌》里凡人女子与仙界国王的爱情；其二则是动物元素的加入，玛丽的这12首莱歌中，有的莱歌蕴涵动物显灵的元素，例如《奎格马尔之歌》里奎格马尔遇到的白色神鹿、《埃律狄克之歌》里口叼红花能使死者复生的鼬鼠、《狼人之歌》里面的狼人、《尤内克之歌》里能自由变身为鹰的仙王。在有的莱歌里，动物在骑士追求宫廷之爱的浪漫传奇中扮演了重要角色，如《夜莺之歌》里的夜莺、《米隆之歌》里履行"鸿雁传书"一职的天鹅等等。有研究者把玛丽的创作放入中世纪动物－野兽文学（medieval tradition of beast literature）这一传统中。考虑到除了莱歌以外，玛丽最有知名度的作品要属她翻译创作的、以动物为主角的《伊索寓言》故事，莱歌里的这些动物元素其实是个可以打开解读空间的论题。前几年比较理论界所谓的"动物研究"（animal studies）风靡一时。译者私见，若以前沿理论来将古老莱歌中的这些动物元素研磨一番，应不难得出一些有意思也有意义的发现。

在莱歌的创作中，基督教作为潜台词和背景的影响自然毋庸多说，而源于凯尔特传统的神怪灵异传统，作为一种异质话语是怎样与基督教话语共存缠绕，乃至最后被收编纳入的，莱歌也提供了一个可供参考的绝佳样本。与其他中世纪文学类似，收在这本集子里的莱歌也有很重的寓言（allegory）的意味。其负载的教条信息，也还是隶属于亚瑟王骑士文学这个谱系，即基督教影响与隶属于中世纪布列塔尼地区凯尔特先民的文化传统并存。对滥觞于中世纪文学传统的寓言这一文体的研究，离不开对各种象征符号意象（icon）的解读。莱歌也不例外。例如在《隆法尔爵士之歌》及《葛瑞兰特之歌》里骑士遇仙界王后这一母题中，我们注意到，骑士与仙子的相遇场所总是伴随着河流清泉等水的意象，另外还有鲜美草地：水流和草地是祥瑞珍贵的灵界仙域的标志物。至于囚禁女子的高塔象征禁忌，花园象征情爱发生之地等，也应是非常明显的。而即使是比较微小的细节，有时也含义深长，如有几首莱歌中均提到下象棋（chess）这种消遣方式：在中世纪的寓言传统下，下象棋这一游戏行为其实暗示着对宫廷之爱实践的研习。

莱歌里吟诵的骑士传奇，对我们了解中世纪布列塔尼地区（即今天的法国北部及英国）的法政及民俗文化背景也非常有益：早在20世纪已有研究者指出《隆法尔爵士之歌》里的陪审团制度值得关注。众所周知，陪审团制度是盎格鲁－撒克逊法系特有的，从《隆法尔爵士之歌》里我们可以看出，其源于国王与封建贵族间的权力制衡：封建制度下，骑士触犯了王后及国王的尊严，国王却不能独凭自己的权力将其治罪，而必须通过由同僚贵族及爵士组成的审判团来裁定。被控的骑士不仅有权利，并且亦有义务为自己受到的指控辩护。而且，若保释人上交保释金后，被控人可以取保候审这一保释制度也已较为成熟。另外，在中世纪文化风俗史方面，玛丽的莱歌里不仅提供了中世纪贵族生活的点滴细节（玛丽对女主人公容颜及衣饰的描述，放在本来篇幅就不算长的、作为口述文学的莱歌全篇里，算是非常详尽仔细了），而且还包含诸多宫廷礼节、节庆典故〔比如，此时中世纪的年历时令，在命名上，只分夏与冬两季，因此每年5月末、6月初标志着暖季来临的五旬节（Pentecost，即圣灵降临节）便是格外盛大，每每有骑士比武大会举行〕、民俗信仰（如白色动物被认为是神异通灵的存在，双生子被认为是通奸引起，又如船只遭遇风暴是因为承载了不该载的有罪之人）。这一点，原译者梅森在英译本序言里已有提及，这里就不再赘言。

最后，译者还想稍微提及一下莱歌中一些不限于中世纪欧洲，而是有着跨文化共通普遍意义的文化意象。例如，在骑士文学中，与"居住于高塔中的贵族女子"这一意象符号相对应的，是既为城堡高墙的延续、又能容纳恋人私会的花园。这在《奎格马尔之歌》《夜莺之歌》《尤内克之歌》及《米隆之歌》里均有提到。尤其在《夜莺之歌》和《尤内克之歌》中均直白出现的对春暖季节来临时美好的自然景色的歌颂（"regreening"），是一项源远流长的中世纪春颂春祭传统。在这一传统中，大地回暖，鸟语花香，暗示女子挣脱禁锢与压制，对年轻勇敢的骑士产生求爱欲望。而这与中国古典文化传统中"私密幽会后花园"及"少妇思春"等文化母题，是非常类似的。在《白蜡树之歌》与《忍冬之歌》里，将植物比拟为爱侣一方或双方，这种以花果草木之名喻示人的感情状态及身份的方式，对中国读者来说，应也不算陌生。

　　本集遵循梅森译本，集子末尾保留了不属玛丽名下的四篇编外传奇。《荆棘之歌》和《葛瑞兰特之歌》，从名字来看，本源仍是莱歌。《荆棘之歌》里的"穿越"情节，即使是在超自然传统中，也是比较异类罕见的；《葛瑞兰特之歌》在叙事上，完全是《隆法尔爵士之歌》的翻版，只是说理的"爱情赋"部分，更为扩张发达。最后是两篇非莱歌的法兰西浪漫传奇，一篇《海外传奇》篇幅极长，近乎迷你史诗，并涉及十字军东征的地理背景。在这个故事中，弱质女流因祸事从天而降而完全自动地心起歹念，倒与《马太福音》中"凡有的，还要给他，叫他丰足有余；凡没有的，就连他有的，也要取去"相应；而故事情节中，不得已沦为异教徒的女性拯救了曾置她于死地的父亲、丈夫、兄弟三位男性基督徒；其中基督教说教色彩确实过于浓重。另一篇《维尔吉的女城主》则是秘密之爱须谨言慎行的又一次演绎。这四篇在情节组织、细节描写、内容主题等方面，显然都与之前属于口述传统的、较为简洁明快的玛丽的莱歌有所不同，或许更加反证了这一结论：从主题与风格的统一考虑，"法兰西的玛丽"确是中世纪亚瑟王－骑士口述文学传统中一个独一无二、可清晰辨认的文学声音。

莱歌及以莱歌为代表的中世纪宫廷传奇的内容主题，一言以蔽之，是关于宫廷之爱的。而将近一千年前的关于爱情的教诲描述，对于21世纪的读者，是否稍显过时呢？译者不这样认为。下面"即使有五百个人欢畅流利地谈论着爱情，他们之中没有一个人能把爱情的首字母拼对的。爱情也经常成为懒散、饱食终日而无所事事，或想入非非的幌子"，及"爱情首先意味着欢愉、真理和节制。是的，人要忠于爱人，恰如行为举动要忠于言辞话语"①这样的句子，在现代人读来，其讽喻教诲，也完全不过时。如前所述，古典时代的人是其行为的集合，而在莱歌的世界里，关于爱的言辞的负面作用是必须被谨慎对待的。"真正的爱情，外人由于无法置身其中参与，即使窥视也只能视而不见；而情侣之间的真正爱情，是不足与外人道、不可讲述的。"②某种程度上，现时代人们谈论爱情时或雅或俗的时语，如"欢愉在于细小，在于沉默"，如"秀恩爱，死得快"等，似乎皆验证着多个世纪前关于爱情的这一隐微传统的古老箴言。

是为序。

---

① 摘自《葛瑞兰特之歌》。
② 摘自《维尔吉的女城主》。

序言

那些由上帝赋予了能言善道这一天赋的人，不该将他们的锋芒掩盖，而应主动显示于人前，彰扬于海外。因为，若不折不扣、明明白白的真话被周知、被称颂，一传十，十传百，那便犹如枝条，结出硕果累累；可若这些真话是由动人的言辞彰显传达，那么得到的不仅是枝条上的果实，更有甜美的花朵，点缀其中，以悦人心。

普里西安曾谓之，古代作家通常习惯在他们的著述中插入某些隐微书写，这样后世的传习者就要格外勤奋，在字里行间辨别出微言大义。①哲学家们也清楚地知道这一点，也尤其勤勉努力，辨言析义，而真理也由之显现，赋予他们自由。他们确信，那些决意不被尘世俗事玷污的人们，应该努力寻求知识、通晓真理。为了让邪灵从我身边远离，也为了排遣烦闷忧伤，我在此要开始讲述此书。我曾于内心思忖，拉丁语或罗曼

---

① 普里西安（Priscianus）是公元6世纪的拉丁文法家。——译者注

语中有哪些好故事，我能将其转为共同语。可那些故事均已有记载，前人已完成的功业，也就不用我再劳心费力了。然后我想起了曾听过的这些莱歌。对此我毫无疑虑，因为非常清楚，这些莱歌是由父辈作成，好让后世永远铭记先人事迹，经久流传。曾有许多位吟游歌手，许多次在我的耳边吟唱这些歌曲。因而我也不愿它们就此消散，被遗忘于路边。那么，我自己则尽最大努力，将它们制成押韵的歌曲。作歌过程，经常扰得我夜不成寐。

您，最尊贵、最显赫的国王，欢乐是您的侍女，一切荣光与恩赐都常驻您心中，为了您，我谨献上这些莱歌，用动人的曲调讲述这些传说。在它们被我讲述之前，请先允许我口抒发我心：

"国王啊，我为您献上这些诗篇。您若赏光，欣然接受它们，那就会使我无上高兴、无上满足，足以慰藉余生。我在此为您献上这些珍贵的礼物，可千万不要认为我是僭越或自视甚高。"

现在，敬请倾听，莱歌讲述已经开始。

目　录

奎格马尔之歌

现在请听，文雅的人们啊，请听玛丽的讲述。当歌手吟唱他的故事时，但愿坐在篝火边的人们侧耳倾听。就他来说，歌手必须十分小心，避免让不恰当的言辞玷污美好的音乐。请听吧，文雅的少爷们，倾听玛丽的讲述，因为她也是费了好大的劲，才没有把下面这个故事遗忘。吟唱诚然是件难事——所以对那唱歌的人儿，请给予较甜美的赞许。可是，世事往往不尽如人意：一个男歌手或是女歌手，只要他或她比同伴唱得更好，篝火边的听者，出于嫉妒，通常是要挑他（她）的刺的。他们会不厌其烦地重复他（她）唱歌时的小过失，借着恶毒的话语，偷走对歌手的赞扬。这种小人行径，我一眼就看得出。他们就像疯狗——既懦弱又凶残，卑劣地将比他们自己更好的歌手踩杀。现在，可以让那些口蜜腹剑者们开始他们对我歌唱的诋毁了。他们尽可以用他们的方式挑我的刺，而我，也不去在乎。

现在请听，文雅的人们啊，听我眼下讲的这个故事，关于这个故事，布列塔尼已经有了一首莱歌。我也将避免啰唆，以免这个故事失其魅力。故事开头是这样的，据各种文书手稿，现在我要讲的这个历险故事，发生在很久很久以前的布列塔尼王国。

那时，亚瑟王仍统治着他的王国，王国时而宁静和平，时而战火纷飞。在众骑士中，国王倚重一位叫欧里狄亚的男爵。这位骑士就是里昂的领主，无论是文治还是武功，都深受国王的赏识。他与妻子育有两个孩子：一个儿子和一个漂亮的女儿。女儿的受洗名字是诺臻特，而儿子则被命名为奎格马尔——这真是再好不过的名字。母亲对儿子倾注了全部的关爱，而父亲则竭尽所能，教予儿子他所会的最好的一切。奎格马尔长大后，欧里狄亚派他到国王的身边，照宫廷的规矩训练成国王的跟班。奎格马尔尽心尽职，获得宫廷上下一片赞美。当他继续成长到一定年龄，拥有一定资历以后，他的骑士生涯开始了。国王亲自授予他头衔，并按照他本人的意愿，赠予他最好的装备。奎格马尔赠送礼物给他周围的人们，与他们告别，离开了宫廷。奎格马尔选择去佛兰德斯，因为他渴望功勋，而那个王国正好战乱纷争不断。无论是洛林还是勃艮第、安茹还是加斯科尼，都找不到与他一样出色的骑士了，更勿论能出其右者。他只有一个缺陷：还未品尝过爱情的滋味。天底下还没有哪个女人，无论已婚还是未婚，无论多么美丽和善，引起过他的倾慕或注意。而只要他愿意，任何一个女人都会心甘情愿地把自己奉献给他。无数女人祈求能得到他的爱，却徒劳无功。由于他是如此的禁欲节制，人们认为他行事古怪、不计后果。

因为他一直以来都非常想念家人，所以当他满载盛誉时，这位如此优秀的骑士回归故土，与他的领主父亲、母亲和妹妹团圆。他在家住了将近一个月，到了月底，忽然心血来潮，想去树林里打猎。夜晚来临，奎格马尔叫上他的轻骑兵和随从，只待清晨便驰入森林。他在树林里是如此快活，他的逐猎兴致是如此高涨。这时出现了一只雄鹿，所有的猎狗都被放出，所有的人开始追逐——猎人在前，而那位好骑士紧随其后，吹响号角。奎格马尔紧跟猎物，策马奔驰。他的随从驰骋在旁，背负他的弓、箭，以及长矛。他追得是如此之紧，以至于超过了猎物。他正环顾四周，突然发现灌木丛中藏有一只母鹿，身旁还有小鹿。这只母兽洁白又美丽，全身无瑕，只头上一对犄角。猎狗在旁边低声吠叫，却不能威吓它趴下。奎格马尔弯弓，将一支箭向着猎物射去。他射中了母鹿的蹄子，母鹿倒了下来。但那支箭马上弹开，并自己飞了回来，正中奎格马尔的大腿。奎格马尔伤势如此之重，以至于即刻跌下马来，摔落在地。奎格马尔躺在草地上，正躺在他自己所射伤的鹿的旁边。他听见母鹿呻吟叹息，觉得它好像在可怜他，带着苦楚。这时，母鹿用人类的语言对着受伤的骑士开始说话了："啊，我多么悲伤，如今遭此屠戮。可你，骑士，对我做下如此错事，也不要想逃过命运的报复。你的伤口任何大夫或药方都治不好。不管是草药还是液剂，都不能使你肉体的伤口痊愈。你的伤无药可救。唯一能愈合那伤痛的药膏必须由一个女人提供，为了爱情，她必须承受天底下还没有哪个女人承受过的痛苦与悲伤。而充满悲愁的，除了她，还有她的骑士。你自己，也必须为了她付出代价并承受极大的痛苦。这种痛苦，天底下所有的情人，勿论生死，遑论古今，都将惊叹不已。现在，你走吧，让我在平静中死去。"

奎格马尔被伤了两次：一次是被箭头，一次是被这些听来让人如此失魂落魄的话。他年纪尚轻，还不想死，便迅速在心中盘点了一番，要去哪些地方寻找治愈他伤口的灵丹妙药。他想得很清楚，他告诉自己，在自己的生命中，还没有出现哪个女人值得他的爱怜、能治愈他的伤口。他马上叫来他的随从。"朋友，"他说，"去吧，把我的同伴叫到这里来，我有话对他们说。"

随从听从了他的命令，离开了由于伤口而发烧的主人。他走了以后，奎格马尔从自己的衣服上撕下布条，包扎伤口。他忍着痛苦上了马，一刻也不耽搁地离开了，因为他不想有任何耽误，打扰他此时的目的。茂密的森林中有一条绿色的小道，通向一片开阔地带。经过那片开阔地带以后，他的脚底是一排断崖，高耸笔直地插入海平面。奎格马尔看着水面，海水平静，这个美丽的港口几乎被陆地包围着。在这海港里面只停泊着一艘船，通体包裹着绫罗绸缎，里面外面都有着既富丽又雅致的装饰。奎格马尔觉得似乎在哪个地方见过这艘船。天底下没有哪艘船比这艘更富丽堂皇、金贵无比了，其整匹帆布均由丝绸织就，从桅杆到船板无一不是由乌木雕成。对于凡人来说，这艘船如此之华美，引起的震撼几乎让人难以承受。惊叹之余，奎格马尔思忖着船的来历，打量着这艘船停泊其中的港湾。奎格马尔在海岸边下了马，又忍受着巨大的痛苦，费了好大的劲，爬下海岸上了船。他原指望船里会有商人和水手，却一个也看不见。船上的亭幔里有一张非常富丽的床。这张华美的床是由所罗门王在位时期最优秀的工匠打造的，^①由柏木和洁白的象牙制作而成，装饰着金子和最珍贵的宝石。床上的亚麻布的触感是如此的甜蜜，枕头又是如此的柔软，即使是天底下最难过的人，躺在上面也会迅速入睡。这张床的床单是由亚历山大港的染料染就的紫红色，被罩则饰有缕缕金丝。亭幔被两支巨大的蜡炬照亮，烛台由最精致的黄金镶成，上面点缀着价值连城的珠宝。受伤的骑士注视着船只和亭幔、床与蜡烛，惊叹不已。之后因为伤口带来的巨大痛苦，奎格马尔又坐在床上。在稍作休息之后，他抬脚准备下船，却发现已经无路可返。一阵风刮过，吹满了帆，他发现自己已经置身于大海之中。当奎格马尔意识到自己已远离陆地，他一下觉得既惊又恐。伤口带来的巨大痛苦让他不知道做什么好。但是他必须尽可能忍受这场冒险给予他的考验。接下来，他祈求上帝保佑他，守护他，祈祷上帝的善意带他抵达安全的港口，避免死亡之威胁。他爬上床，头枕着枕头，像死人一样沉沉睡去，直到夜幕降临，这只船驶向了那能治愈他伤口的福地。

奎格马尔来到了一座古老的城邦，城邦里有一位国王。这位国王年事已高，娶了一位地位高贵的少女。少女正当豆蔻年华，清新美丽，言谈动人。老国王极为在意和嫉妒妻子的年

---

① 中世纪时期，人们在传说中经常把精美华丽的器物与所罗门王联系起来。——译者注

轻，担忧年老与年轻不相匹配，年轻的妻子也将为其他年轻异性所吸引。年事已高，死之将至，无可奈何。

年老国王的这座城堡筑有一道高墙守护。城墙之内有一个美丽的花园，花园只有一个出口，花园周围是绿色大理石筑就的围墙，高耸又坚实。花园的另一边靠着海，因此除了通过船，没有人能接近这个花园。为了进一步防范登徒子接近，国王还令人在城墙内建了一处别院。别院房间之华美无与伦比。第一间房间是王后祈祷之处，其后是她的卧房，装饰得美轮美奂，无法用语言描绘。一面墙上绘有爱神维纳斯刚出水时脸上羞涩又甜蜜的生动表情，教导男子如何尽忠尽职，侍奉他们中意的女子。而在另一面墙上，爱神维纳斯将奥维德那本著作①丢进火堆，唇边绘有训诫："任何选择阅读那本书的、尝试减轻他们由于陷入爱情而带来的痛苦的人们，不会得到她的垂青和帮助。"这个房间外还有守卫，只有一位侍女紧随王后左右。这位侍女是她的外甥女，即姐姐的女儿。两人互相关心，每天形影不离。王后无论是在花园散步，还是出城，这位侍女永远紧随她身边，护送她回房间。除了这位侍女，没有任何一个人能进入别院，也不能进入城墙之内。只有一个人有侧门的钥匙：是一位年老的神父，头发花白，身体虚弱。这位神父负责王后每日的祈祷事宜，并且在王后享用美味珍馐的时候前来伺

---

① 奥维德（公元前43—公元17年）著有《爱的解药》（*Remedia Amoris*）一书，是以讽刺－说教（mock-didactic）的语气探讨各种情诱技巧的书，在中世纪影响非常大。不过似乎原书的讽喻口吻在中世纪读者的理解中常常被曲解成字面意思。——译者注

候她用餐。

这一天，王后吃完饭，也午休完毕，正准备起来到花园里散一会儿步。她叫来她的女伴，两位姗姗巡视花丛之间，不亦乐乎。当她们远眺海面的时候，发现一艘船正出入沉浮于波浪之间，向陆地驶来。这艘船上无人掌舵导航，却自动停泊下来，这使得她们惊恐万分。女主人的脸由于害怕变得通红，想要快快逃离此地。侍女稍微勇敢几分，劝说安慰她的女主人留下查看。侍女对这一稀奇事件充满好奇，想一探究竟，便快步走向海滩，将斗篷脱下放在一边，爬上了这艘有如奇迹的船。船上没有其他人，只有那位骑士在亭幔间熟睡。侍女长时间凝视着骑士，发现他脸色像蜡一样白，还以为他死了。她赶紧回来报告给王后，告诉她关于那被杀的骑士的事。

"那么让我们一起到船上看看吧，"女主人说，"如果他死了，我们将给他举办体面的葬礼，神父也好为他的灵魂祈祷祝福。万一他还活着，那么他也许可以告诉我们他的故事。"

事不宜迟，两位女士登上了船，女主人在前，侍女在后。王后进入亭幔的时候，她在床前驻足不前，为她的两眼所见而又悲又喜。喜悦的是，她的心为骑士的容貌所捕获，以至目不转睛地盯着他看；令她悲伤无比的则是他受了重伤。她轻声对自己说："这个好青年到来的方式可真骇人！"她走近床边，将手放在他的胸口，发现肌肤尚温暖，里面的心脏也在有力地跳动。当她触摸奎格马尔的时候，他醒了。他殷切地向她致敬，因为他知道，他如今所到达的地方看上去也是基督徒的国度。女主人满怀思虑，极有礼貌地答谢了他的问候，尽管她的眼睛里泪水尚存。她马上问他从何而来，同胞何在，又是在怎样的战争中受此伤害。

"夫人，"奎格马尔答道，"我并不是在战场上受到这伤害的。如果你愿意，我会把事情原本向你道出，毫无任何隐瞒欺骗。我是布列塔尼的一名骑士。昨天我在森林里追猎一头奇妙的白鹿。那本来射伤了它的箭反过头来射中了我，伤在我的大腿上，这伤口永远不会自己痊愈。这头神兽用人类的语言呻吟。它大声诅咒我，说了很多恶毒的话，发誓说这个伤口永远也不会被治好，除非是出于世界上唯一的一位我不知道尚在何处的女子之手。听完这个悲惨判决以后，我飞快地离开了树林，来到一个离那里不太远的港口，上了这艘船。我唯一的过错就是爬上了这艘船。在既无桨又无舵的情况下，这艘船将我劫离了岸。所以我不知道身处何处，也不知道这座城市的名字。美丽的女士，以上帝的名义，好心帮帮我吧，因为我现在已不知道能向何人求救，我也不会驾驶这艘船。"

夫人回答道："英俊的骑士，我将尽我所能地告诉你。这片王国、这个城邦是我丈夫的领地。他非常富有，血统高贵，只是年龄太大。他也是一位非常善妒的丈夫，所以我才以这种方式见到你。出于嫉妒，他将我关在高墙之间，只容一扇窄门出入，门的钥匙由一位老神父保管。愿上帝惩罚他的所作所为！我日日夜夜被囚禁在这座监狱里，没有他的许可永远不得外出。这里只有我的房间和祷告室，相伴我的只有这一名侍女。如果你愿意在这儿稍作停留再踏上旅程，我们会非常高兴地接待你。我们也会尽心照料你的伤口，直至痊愈。"

奎格马尔听到这番话，高兴异常。他好好地向夫人道谢，并表示乐意在她的别院内散步片刻。他从卧榻起来，借着女士们的支撑帮助下了船。他重重地倚着女士们的肩膀，终于走到了那侍女的卧房，那儿也放有一张精美的床，床单是层层织锦，边缘镶着皮毛。当他躺到这张床上的时候，女士们带来了盛在黄金制成的脸盆里的清水，好清洗他的伤口。她们用最细的亚麻布将伤口的血擦干，又细致地给他的伤口进行了包扎，他觉得无比舒服。用过晚膳以后，夫人回到她的房间，骑士则觉得舒适又满意。

这时，奎格马尔已对夫人一往情深，以至于忘掉了他父亲的产业。他也不再想着伤口的痛苦，因为心底的另一种痛苦已转移了他的注意。他辗转不安，不停叹气，祈祷服侍他的侍女能离开，然后安息片刻。侍女离开的时候，奎格马尔思考着，他是否应当去寻找夫人，以确切知道她的心是否也同样感受到了那在自己心头已经燃起的熊熊爱火。他思忖再三，仍然不知道怎么办才好，但很明确的是，如果夫人拒绝探查他的心所受的情伤，那么他一定会马上死去。

"啊，"他说，"我该怎么办！应该见我的女士，祈求她怜悯我这个无人安慰的可怜虫吗？如果她出于骄傲，残忍地拒绝了我，我必将会在悲伤中死去，或者至少愁苦地度过余生。"

他叹息着，叹息之余又有了一个新的计划。他对自己说，反正自己生来就是受苦的，除了一掬爱慕之泪以外再身无长物。漫漫长夜他都无心睡眠，辗转反侧，心事重重。他回想着夫人的容貌与话语，他能清楚记起她的眼睛与美丽的嘴唇，她的优雅甜美像刀一样扎在他的心口。他唇齿之间呼唤着她的怜悯，差一点就要把她叫到身边。唉，如果他能知道，那位夫人如他一样痛苦，爱情对她来说是一样的残酷，他就会感到无比欣喜宽慰了，他的脸上会更有血色，而不是如现今这样，由于忧愁而一片苍白。如果说骑士患上了相思病，爱得死去活来，那夫人也不比他好多少。她因不能成眠，也早早起来，因为爱情的力量也不得安宁。侍女在一旁看得清楚，她的女主人的心思无疑都倾注在正独自在房间里养病的骑士身上。但她却不知道他的思绪是否也放在女主人身上。所以，当夫人一进入祈祷间的时候，侍女就径直找到骑士。他兴奋地欢迎她，招呼她坐在床边。然后，他开始询问了："朋友，我的女士现在在哪儿？她为何起得如此之早？"

他说了这话以后，就陷入沉默，叹了口气。

"爵爷，"少女温柔地回答说，"你的爱诚然非常谨慎，可是却也不要太谨慎了。你怀有这样的爱情，没什么可羞耻的。无论是谁，只要赢得了我的女主人的欢心，就是值得骄傲的。在我看来，你们之间的情谊正当如此，因为你英雄年少，而她也正年轻美丽。"

骑士回答道："我是如此地深陷情网，以至于如果那个设下这张网的人不能将我从网中解脱出来，我宁愿她杀死我。请告诉我，甜美的朋友，我是否有幸得到她的垂青？"

接下来侍女又非常温柔地抚慰了骑士，答应他自己将尽一切能力帮助他。她的一举一动都非常礼貌体贴，富有教养。

夫人做完弥撒之后，快步回到了她的卧房。她没有忘记她的情郎，非常急切地想知道已经捕获她芳心的骑士是否已经醒来。她令侍女召唤骑士到她的房间，因为她确实想在时间宽裕的情况下与骑士谈谈心，不管这谈心的内容是喜是忧。

奎格马尔向夫人问好，而夫人也向骑士致以礼貌问候，可是他们俩都过于忧惧，不敢开口。骑士不敢开口，是因为他毕竟是在异国的异乡人，不敢贸然示爱。但俗话说得好，谁不曾将伤口示人，谁就不要指望伤口能被疗救。爱是隐藏于心的私密伤口，除了心，没人能知道那种痛苦。如若人有一颗坚贞不渝的心，那么爱是一种会伴人一生的病。许多人将爱当趣事笑话，用华而不实、夸夸其谈的大话来诋毁它。那并不是真正的爱，而只是轻浮愚钝的休闲小调罢了。那些已经找到爱神的忠贞的情人们对她比对红宝石还要珍惜，全力以赴、忠诚不渝、万死不辞地侍奉她，尽如她意。这正是奎格马尔对爱情的方式，因此爱情也将助他一臂之力。爱情赋予他的嘴唇以言辞，赋予他的心灵以勇气，这样他才能明白晓畅地将他的希望倾诉。

"夫人，"他说，"我愿为你的爱而死。我已经因为伤口发烧了，如果你不能治疗我的伤口，我宁愿死去。亲爱的人啊，我祈祷你能好心答应我的要求，不要恶言恶语拒绝我。"

夫人带着一抹微笑倾听着奎格马尔的话。接着她甜美而温雅地回答道："朋友，我不会贸然应允你的要求。我不会轻易做出这样的允诺，而你就必须如此急切得到我的回答吗？"

"夫人，"奎格马尔激动地说，"看在上帝的面上，可怜我吧，也不要误会了我的意思。那些举止轻薄的女人，会故意让她的情人长久等待，她好偷偷地与其他追求者暗通款曲呢。可是那些诚实的女士，当她对爱人一见倾心时，便不会出于骄傲而拒绝他的愿望。相反，她应为她面对爱情时的谦逊而感到骄傲；对方怎样爱她，作为回报，她也怎样爱对方。他们在一起会无比地快乐，而因旁人不知晓个中情形，这隐秘只会让他们更加欢愉地畅享青春之爱。美丽的、甜蜜的夫人啊，这是否是你所欲？"

当夫人清楚地听到这些话的时候，她觉得这些话诚恳实在。因此她也就直截了当地答应了奎格马尔的求爱，还吻了他。从此以后，奎格马尔心满意足，因为他时时能看到爱人的容貌，听到爱人的声音。她也曾无数次慷慨地给予他拥抱与温柔，正如任何私下在一起的情人们的所欲所为。

奎格马尔与他的爱人在一起有一年半了，每时每刻他们都在欣慰与欢喜中度过。可是之后，命运之轮转动，先前被命运眷顾的人儿终于遭遇厄运。这样的事情发生在他们头上了：他们的爱情被发现了。

夏日的一个清晨，王后和骑士正欢愉地坐在一起。骑士正凝视着她的眼睛和脸庞，但夫人转过身去了，说道："最甜蜜的朋友啊，我的心告诉我，我将很快失去你了，因为这桩隐秘的情事很快要公之于众了。如果你被杀死，我愿意死在那把杀死你的剑之下。可如果你能侥幸逃生，你的心也许会另有所爱，而我则独自留下万千愁思。假若我们分开，而我另有所爱，愿上帝永远剥夺我的欢乐、平静与安宁。所以这一点请你不要担心。心爱的人啊，为了宽慰我的心，现在请你给我你的一片衣衫吧。我会在那上面系一个结，以此与你订下誓言，即，你永远也不要移情另有所爱，除非对方能解开这个结。这样才能保持我们之间的誓言，因为我打的结是如此巧妙，没有哪个女人能解开这个结，无论是凭蛮力还是智力，或者是拿尖刀。"

这样，骑士便拿了他的衣衫给他的爱人，如此便正如她所愿，盟誓了。这么做是为了宽慰她的心。

骑士那边呢，也拿了一条精美的腰带，紧紧地绑在爱人的腰上。这条腰带的腰扣设计精巧，十分隐秘。骑士要求爱人，只能将她的爱情交给那个能解开她的腰带而不损坏腰带或腰扣的人。他们吻了对方，如此便彼此订下了这一盟誓约定。

就在这一天，他们隐秘的爱情终于大白于众。老国王派了一位管家带话给王后。这个带来不幸的奸臣，发现自己怎么也进不了王后的卧房，便透过窗子偷看，并看见了一切。他赶紧跑到国王那里，告诉国王他所看到的一切。老国王听到这些话，变得无比悲伤。他叫上周围最忠诚的侍卫，一同来到王后的卧房，命令他的侍卫们一起撞开门。奎格马尔正在里面。国王大发雷霆，下令用剑刺死他。奎格马尔丝毫不惧这一威胁。他跳将起来，环顾敌人，手持一根原本是晾衣所用的粗壮的杉木棍。有此在手，他直面敌人，叫他们当心，因为他马上就要对他们不客气了。国王这才认真地看着这位无畏的骑士，询问他是谁人、生于何地、又是何种因由出现在这间房间。如此奎格马尔便把他的命定故事告诉了他。他告诉国王自己猎下的那只鹿，因为捕猎这只鹿，他自己也负伤了；他告诉了国王那艘船以及自己的伤口的事；告诉国王自己是怎么来到这个王国的，还有夫人对自己的治疗。他将一切都告诉给了老国王，原原本本，直讲到他现在为何站在国王面前。国王回答说，他不相信奎格马尔说的话，也不把他的经历当真。然而，如果能找到那艘船，他会把骑士再送回海上。他巴不得奎格马尔遭受厄运，最好是在海上翻船、葬身海底。奎格马尔和国王订下这个约定，一同走到港口，果真发现了如他所描述的那艘船。所以，他们将他弄到船上，祈愿他离开这里，回到他自己的家乡。

尽管无帆又无桨，这艘船还是一刻不耽误地驶离了岸边。骑士绞着双手，号啕大哭，悲叹自己就这样离开了他的情人，而她是如此珍爱他啊。他对全能的主祷告，希望自己快快死去，永远不回家，除非是为了重逢那个他珍爱更甚于自己生命的情人。正当奎格马尔还在祷告的时候，船只就回到了第一次停泊其中的那个港口。奎格马尔马上从船上下来，以便早日回到故土。他刚上岸走了不久，便发现自己家中的一个侍从，正骑行跟随某位骑士。这位侍从手持缰绳，牵着一匹战马，战马嘴上已经上了马嚼和缰绳，可并没人在骑。奎格马尔叫他的名字，侍从看着他，认出了主人，马上跪下，给主人奉上那匹战马。骑士便骑上了马。奎格马尔回到了他的故土，大家都皆大欢喜，设宴庆祝。可是尽管奎格马尔的朋友想尽一切方法，无论是欢歌还是游戏，都不能使骑士高兴起来。他们劝奎格马尔娶一位妻子，以慰其心，可奎格马尔充耳不闻。不，无论何时他绝不迎娶任何一位女子，无论是为了爱情还是财富，除非她能解开他衣衫上的结。这个消息传遍了布列塔尼，不管是夫人还是少女，王国内外没有一位女士不跃跃欲试想解开这个结的。然而不管是用蛮力还是巧劲，没有一位女士能如愿以偿。

现在，我们回到奎格马尔如此珍爱的那位爱人那里。老国王听纳了一位男爵的意见，将他的妻子关入牢房。于是她被囚禁在一座由灰色岩石建造的高塔之中。每个白昼她已深感难熬，夜晚则更加可怕。她囚禁其中所受的巨大的痛苦、折磨、悲伤，没有人能说得清楚。囚禁在塔中，她确实在慢慢凋零。在两年多的牢狱时光里，来拜访过她的除了看守并无他人，勿论欢喜或快乐。她时时想起她心爱的人："奎格马尔，亲爱的大人，在此不幸的时刻，我好像又见到了你。也许此刻我最好死去，好于忍受我如此悲惨的命运。心爱的人，要是我现在能置身你来时的那片海滩就好了，我将迅速跳海自尽，结束我这悲惨的一生。"说这些话的时候，她站了起来，走到门口，惊讶地发现那儿没有上锁。她奔了出去，发现没有看守或卫兵拦着她，于是快步向海港赶去。那儿正停着载过她情人的那艘船呢，十分牢靠地泊在同一块石头旁边。她顺着石头爬了下去。上船以后，她这才想到，也许她的情人是驶着这艘船，在海上死去的。一念至此，她本想逃回到岸上，可是她浑身骨架一软，倒在了船板上。如此，满载着悲伤与忧愁，这艘船载着她到了海上，来到布列塔尼的一处港口。这个港口有一座既坚实又气派的城堡，城堡的主人名叫梅里亚德斯。他是一位非常好战的领主，常年同邻近王国的一位王侯打仗。这天早晨，他起得很早，以便于下令，派一大帮长矛兵去摧毁邻近的城邦。梅里亚德斯从他的窗子向外看去，发现一艘船正驶入港口。他快步走下城堡台阶，马上叫来了他的管家，并尽全力快速走到船边。然后他爬上船的舷梯，站到甲板上，发现船上有一位女子，其美貌程度更近天仙而非人间女子。他马上抓住她穿戴的斗篷，飞快地俘获了她。他为自己的好运气扬扬得意，因为这位女子的美貌确实超出任何凡人想象。他没有问，是谁将她置于这艘船上。他只晓得，她既美丽，又出身高贵，所以他早已对她一见倾心，其热情程度远超对其他任何女子。城堡里面还住着这位领主的妹妹，尚未婚嫁。梅里亚德斯将女子安置在他妹妹的卧房，因为这间房是整座城堡最华美的。他还下令，让仆人好好伺候她，尊敬她。可虽然这位女子被赠予锦衣罗裳，也被视若珍宝，她仍日日愁眉不展，思绪万千。梅里亚德斯经常来拜访她，逗她说笑，希望借机赢得她的青睐，而不用依靠武力。可是，这一切完全徒劳无功，因为女子并无任何治疗他的心伤的意图。她给他看了身体上的那圈腰带，说只有在丝毫无损腰带或腰扣的情况下取下这条腰带的人，才能拥有她的爱。当梅里亚德斯听到这些话，他马上说："夫人，这个国家有一位品行非常好的骑士，誓言从不娶妻，除非她能解开他衣衫边上的一个结，既不靠蛮力也不能靠工具。我差点就以为是你系上的这个结呢。"

这位女子听到这儿时，几乎喘不过气来，马上就要晕倒在地上。梅里亚德斯将她搂在怀里，割断了她胸衣上的系带，好让她更容易呼吸一点。他十分努力，试图解开她的腰带，却怎么也打不开腰扣。是的，王国里几乎所有的骑士都试图弄开那条腰带，但它就是不开，能打开的只有那一个人。

现在梅里亚德斯将举办一场骑士大会，各种准备已经就绪了，他也邀请了所有能在这场与邻邦的战争中帮助他的骑士。许多领主应邀而来，奎格马尔也是最早来的一批中的一个。梅里亚德斯已经送过口信给骑士了，以朋友和同伴的语气恳求他，不要在这场比试中辜负他。奎格马尔一接到这位领主的要求，就马上赶了过来，同时他还带来了一百多位长矛骑士。梅里亚德斯非常高兴地接待了这些骑士，并把他们安排在他自己的城堡里。为了对客人表示尊敬，领主派了两位绅士到他的妹妹那里，让她打扮得尽量华丽，与另一位和她住在一起的、他所钟爱的女子一起出现在殿上。两位女子按其吩咐，穿上了最讨人喜爱的衣服，手挽着手来到了大厅。尽管夫人面色苍白且若有所思，但是当她听到她爱人的名字时，还是不禁双腿一软；如果不是侍女紧紧扶着她，她一定会跌倒在地板上的。奎格马尔一看见夫人，看到其服饰容颜，就从椅子上站了起来，两眼紧紧盯着她。他在一旁于心里这样自言自语："这位竟会是我心爱的人，我的希望，我的心，我的生命，那位慷慨赠予我她的垂青的那位美丽女子吗？她是从哪儿来，又是谁将她带到这遥远的地方的？但是我也许在说傻话了，因为我应该知晓这不是我亲爱的那位。所有女人难道不是都唇红齿白，长得差不多吗？我的思绪被扰乱了，因这位女士之甜美可人，实在是太像另外一位了，而我的心是要为了那位而叹息颤抖的。可是我也许有必要与这位女士先说说话。"

奎格马尔靠近女士。他先按礼节吻了她，后来就不知道说什么，只好暗中祈祷能被安排坐在她身边。梅里亚德斯暗中仔细打量他们俩，看见他们的困惑神色，他越发觉得不舒服，只好强作欢笑。

"奎格马尔，亲爱的大人，如果您愿意，请让这位女士试试解开您衣衫上的结吧，也许她正好能解开呢。"

奎格马尔回答说，他很愿意让女士试一试。他叫来一直保管着衣衫的侍从，命他取来衣衫交给了夫人。夫人手持衣衫，她非常清楚自己当初是怎样巧妙地系上那个结的，她也愿意马上解开。可是因为心中过于激动，她并没有轻易尝试。梅里亚德斯注意到了女子的紧张，他比任何一位情人都更难受了。

"女士，"他说，"请尽全力把这个结解开吧。"

听到这个命令，夫人又拿起了衣衫的边，轻而易举地就解开了那个结。

奎格马尔看到这一切，惊讶得说不出话来。他的心告诉他，这真的就是他的女士，但是他仍不敢相信自己的眼睛。

"朋友，你真的是我认识的那位甜蜜的爱人吗？现在原原本本告诉我，你身上是不是还束着那条我在你的王国那儿赠予你的腰带？"

他将双手置于她的腰间，发现那条秘密的腰带还在她身上。

"最甜蜜的爱人，现在告诉我，是怎样的经历将你带到这儿来的，又是谁带你来到这座城堡的？"

如此，夫人便告诉了她的爱人她曾被囚禁的痛苦与悲哀，还有她是因如何的机缘逃离监牢，登上那艘船，来到这处美丽的避风港的；梅里亚德斯又是如何将她从船上带下来，将她留在这座城堡里，虽然曾向她求爱，但非常尊重她。"但是现在，心爱的人啊，一切都过去了，因为你的情人已经依偎在你怀中了。"

奎格马尔站了起来，挥着手。

"大人们，"他激动地说，"现在请听我说。我已经找到了我的爱人，我已经失去她很长一段时间了。在你们大家面前，我请求并要求梅里亚德斯将我所失去的归还于我。如果他能给予我这个荣惠，我要公开向他道谢。我还要跪下宣誓为他效劳。从现在开始两年，或者如果他需要，三年之内，我将在他麾下作战，跟着我号令的还有数以百千计的部下。"

梅里亚德斯回答说："奎格马尔，亲爱的朋友，我现在战事还没有吃紧窘迫到必须谦卑接受你的帮助。这位女子是我俘获的，归我所属。是我发现了她，留下了她，即使要与你和你的属下敌对，我也会尽力护卫我的权利。"

奎格马尔听到这些骄傲的言辞，领着他的部属们一跃上马。他掷出他的手套以示宣战，怒气冲冲地离开了城堡。可是他的心情是沉重的，因为他必须将他的爱人留在身后了。所有来到城堡以便参加骑士大会的骑士们也跟随骑行在他身后，一个不落全体都宣誓对他效忠，发誓跟随他到最后，不然就是小人和懦夫。

同天晚上，这一行骑士来到了与梅里亚德斯敌对的领主的城堡。他非常高兴，欢迎他们到来，还好生招待他们。由于他们的帮助，他现在胜算很大，能结束这场战争了。一大清早，远道而来的骑士们就聚集在一起，部署好兵力。号角齐响，马匹嘶鸣，奎格马尔一马当先，冲出城门。他们在梅里亚德斯的城堡下聚成一圈，准备出其不意快速攻下。可是城墙高大坚固，梅里亚德斯也是一位勇猛顽强的骑士。所以奎格马尔如同一位谨慎的船长，索性坐等在城堡前，直到他的下属和朋友跟他报告，城墙内的人都又饥饿又虚弱。然后他们便靠武力拿下了城堡，一把火将其夷为平地，并刺杀梅里亚德斯于殿上。奎格马尔来了，在如此周折之后，终于抱得美人，平安地回到了他自己的领地。

这就是我要告诉你的奇遇，它被改编成莱歌，被吟游诗人就着竖琴与提琴传唱吟诵，歌声动人，曲调甜美。

悲恸的骑士之歌

现在，请听这首莱歌。这首歌我曾经听一个吟游诗人就着他的竖琴奏乐唱过。为了保证这首歌的真实性，我会告诉你这个故事是在哪个城市发生的。那位竖琴歌手将其命名为"悲恸的骑士之歌"，而有些人则索性将其称作"四位悲恸的骑士之歌"。

在布列塔尼的南特，住着一位女子。所有人都仰慕她，因为她秀外慧中，不仅容貌美丽，而且满腹经纶，在各个方面，都受过一位贵族女子应该接受的良好教育。她仪容如此美好，以至于王国内外，只要看上她一眼，没有哪个骑士不对其一见倾心。虽然对这些厚爱，这位女子不能一一回报，但让所有的人失望倒也非她所愿。这样看来，对男人而言，对许多女子广播情种，要好过折服在唯一一位女子脚下，为之疯狂。由于这一点，这位女子自然对每位求爱者给予同等程度的礼貌对待与好意回绝。尽管她不愿听到那许多情话，但她拒绝人的方式是如此的甜蜜优雅，以至于那些被拒绝的求爱者恰因为她拒绝时的可爱举止而越加对她倾心，愿为她驱使。而正因为她仪容心灵都如此美丽，全国的骑士无不对她日思夜想，天天祈望她的垂青。

在布列塔尼住着四位男爵，对于他们的名字我在这里最好还是隐去。只消说，他们在全国少女眼里是无比合适的追求对象，因为他们不仅仪容英俊，而且彬彬有礼，出手大方。同时他们还骁勇善战，在各个方面都底蕴深厚，完美无瑕。这四位骑士都对上述那位女子倾心，为了得到她的爱日夜煎熬，而且个个都无所不用其极以博取她的欢心。每一位都祈望得到女子专属于己的垂青，而且也愿尽自己最大努力，以便配得上那份垂青。而女子那一方面呢，她也备感困惑，她曾多番考虑，四位之中哪一位应得她垂青。可是他们似乎都同样的忠诚高贵，她就不好选择了，以免冒着深深伤害其他三位的风险来使其中一位得到满足。也因此，女子对这四位骑士采取了不厚此薄彼、一视同仁的态度。她对每一位都给予同等程度的温雅甜蜜态度、同等程度的注意力。每一位骑士都自认他得到的待遇不错，还比其他三位要好呢。他们也都彬彬有礼，尽心竭力地回报她的垂爱。当这四位骑士聚在一起竞技时，每一位都全身心地投入，以获得奖赏，好额外得到女子的垂青。每一位都将这位女子视为自己的情人，每一位都穿戴或持有她送来的信物——或旌旗，或衣袖，或指环。每一位在竞技场上都宣称自己为这位女子而战。

现在，夏日祭来了，将有一场盛大的骑士比武大会在富饶的南特城外举行。这四位骑士也要参加这场大会，每个王国都有骑士来参加马上长枪比试，为他们宣誓效忠的夫人跃跃欲试，一较高下。法兰西人、诺曼人和弗兰芒人，布拉班特、布罗涅以及安茹地区最勇敢的骑士也将来参加大赛，每一位都志在必得。南特的骑士在这场比试中自然也不甘落后，直至晚祷之前他们都在竞技场上为他们的领主奋力拼搏。当四位骑士往身上系好了装备后，就从城堡里出发了，后面还跟随着一群也要参加比试的随从骑士。这四位的比试是这一天中最具有挑战性的，因为他们名声在外，凭着战袍上纹绣的臂套以及盾牌上的徽章，人人都能认出他们。现在，赛场上与这四位骑士角逐的是另外四位骑士，他们也都全副武装，链条编织的盔甲、头罩、绑臂等金光闪闪、一样不落。这四位对手，有两位来自霍诺特，两位来自弗兰芒。当这四位骑士看见他们的对手全副武装的样子时，他们毫无惧色，反而更为果敢地冲入竞技场。每位骑士都将长矛放倒，瞄准敌人，英勇无畏地迎头向前，把所有对手都连人带马撞翻在地。四位英勇的骑士没有顾上自己的战马，反而下了马镫，查看倒在地上的敌人，让他们选择投降。战败了的骑士的同伴们急急忙忙赶去救他们，人又多又拥挤，其中也少不了动刀动枪。

那位女子站在一座高塔之上，观看着这场武斗。通过他们战袍和盾牌上的纹章，她辨认出她的骑士们，目睹了他们的英勇之举，可还是不能分出谁是最强的，荣誉又归于谁。而这场比武大会已经不再规则有序了。两方阵营的人混在一起，以致现在几乎每个骑士实际上都在与他们的同伴对打，打中的是敌是友也分不清楚了。先前四位骑士打得英勇，观众一致认为他们都应位列冠军。然而夜晚降临、赛事要结束的时候，勇敢变成了鲁莽。他们离同伴太远，被敌人包围，在遭到猛烈攻击之下，三位骑士当场死去。第四位还活着，可是伤得尤其重：大腿折断，体内还留有长矛的矛头。四具躯体躺倒在竞技场上，与那天战死的其他人的尸体堆在一起。因为他们对敌人的攻击是如此的猛烈，以致作为报复，他们的盾牌被敌对方扔出了竞技场。敌对方这一举动并非体面，遭到了在场其他人的鄙视。

当这不幸的消息传遍全城的时候，大家不禁悲痛万分，泪流满面。整座城的居民都深感悲伤，为战死的人们举行了前所未有的哀悼仪式。所有人都迫不及待地赶到比武场。为了对死者表示哀悼与敬意，约有两千名骑士，骑着高头大马，敞开披着盔甲，未戴头盔，纷纷拔着他们的胡子。四位骑士被分别安置在他们各自的盾牌上，满载着荣誉，被带回南特城。他们被带到了他们所钟爱的那位女士那里。当那位女士听到这不幸的消息，她马上昏了过去，倒在地上。醒来之后，她哀叹着，一一呼唤她四位爱人的名字。

"啊，"她说，"我该怎么办呐？我有生之年将无法品尝到快乐的滋味了。这四位骑士，每位都倾心于我；他们自身已经如此高贵，对我的爱却更为珍贵，远胜他们所有。哎，英俊又勇敢的骑士们啊！哎，忠诚又慷慨的男子汉们啊！他们全身心祈望得到我的垂爱，可是一位体面女子又怎能对其中一位偏心而伤害另外三位？即使到现在，我自己也不知道是谁最让我怜爱，是谁最与我志同道合。可是三位已逝，一位受了重伤；这个世界上再没有什么可以让我聊慰余生的了。只有一件事可做——厚葬逝者，同时抚慰伤者。"

就这样，出于仁爱与高贵，这位女士体面地安葬了三位不幸的骑士，将他们葬在一座华美的修道院里，为他们的弥撒仪式花了许多钱，又捐赠了许多金银与香烛。愿上帝保佑他们。至于受伤的骑士，她下令将他带到自己的卧房里，叫来了医生，把他托付给他们。医生们熟练地检查了他的伤口，细心地照料他，医术如此之高以至于他的伤口马上就开始好转了。女士经常待在卧房里，温柔细心地照料着伤者。可是她也越发地怜悯那三位令人悲哀的骑士，为他们的死越来越感到难受。

在一个夏日，这位女士与骑士用餐完毕，坐在一起休息。悲伤袭来，浮现于她脑海之中，她的头马上垂落在胸前，她被悲伤击中了。骑士认真地看着他的女主人，很清楚她似乎神游八荒，而对个中原因他最清楚不过。

"女士，"他说，"你正悲伤，请让我也分享一点你的愁思吧。如果你能告诉我你为何哀伤，我也许能为你纾解。"

"亲爱的朋友啊，"她回答道，"我是追忆逝者，回想起你那些已然逝去的同伴。我的女伴们，无论是多么美丽、善良、优雅动人，都不曾得到四位如此勇敢的绅士的垂爱，更没有一个人有过一天之内就失去他们的惨痛经历。除了你，其余人都过世了，而你又伤得如此之重。所以我追忆那些曾厚爱于我的骑士们，现在我成了天底下最悲伤的女人了。为了纪念这些，纪念你们四位，我将作一首莱歌，将其命名为'四位悲恸的骑士之歌'。"

当骑士听到这些话的时候，他马上回答道："女士啊，不要将这首莱歌命名为'四位悲恸的骑士之歌',而将其叫作'悲恸的骑士之歌'吧。至于为什么我建议取这个名字,你可愿听我详说?我三位朋友的生命已经结束,他们的此生再无所愿求。逝者已矣,他们的相思之苦以及对你的爱恋也已逝去。只有我独自一人从鬼门关回来,又惊又惧,从那捕获了他们的死亡之网中挣脱。可是我发现独自偷生比在坟墓中死去更加痛苦。我在这所房子里还能时时见到你,晨昏之间都能与你说上话。可是我的欢喜也就到此为止了——我既不能拥抱你,也不能吻你,我们之间除了这些空洞、礼貌的言辞之外什么都没有。因为你,我要忍受这些痛苦,我这样真是生不如死。因为这个原因,请将你的这首莱歌以我的名字命名吧,称其作'悲恸的骑士之歌'。若要称作'四位悲恸的骑士之歌',那是大错特错的。"

"我对上帝发誓,"女士回答说,"这个讲法不错。那么就将这首歌命名为'悲恸的骑士之歌'吧。"

这首莱歌就是因为这样的缘由被构思、打磨,并创作于世的。它的命名就是这样来的,尽管直到今天,仍有人将其称作"四位悲恸的骑士之歌"。其实这两个名字,哪个名字都是合适的,如实地讲述了故事的各个方面。然而此地的风俗倾向将其称作"悲恸的骑士之歌"。好了,故事就此结束,毋庸多言。再多我也未曾听闻,也不曾知晓了。就在这里结束这个故事吧。

埃律狄克之歌

　　现在我要在你们面前讲述一首非常古老的布列塔尼莱歌。我是怎样听到这个故事的，我也会怎样对你们讲述这个故事，倾我所有，竭尽全力。现在，请听我的故事吧，请听它的缘起由来。

　　从前在布列塔尼有一位骑士。他既彬彬有礼又勇敢无比，王国上下没有哪位领主比得上他。这位骑士名字叫埃律狄克。他年轻的时候即娶了一位具有高贵血统和头衔的妻子。他们在一起的生活平静而满足，因为对于彼此他们都怀有信念，虔敬不移。有一天，埃律狄克为了建功立业而远走异乡，参加一场战争。在那里，他爱上了一位公主，那个王国国王和王后的女儿。那位公主名叫吉拉尔顿，是王国里最美丽的女子。而埃律狄克妻子的名字，叫吉尔德律刻。这首莱歌是围绕着这两位女子的故事展开的，所以也可以被称作"吉拉尔顿和吉尔德律刻之歌"，可也许首先，它应当被叫作"埃律狄克之歌"。当然，名字也许没什么要紧，唯愿你能倾听完我的讲述，了解这三位爱人之间的故事，赏鉴其动人之处，深味其中道理。

埃律狄克效命于一位领主，此人即为布列塔尼的国王。这位骑士因为长期忠诚的服侍，深得国王的欢心与赏识。当国王因事外出的时候，埃律狄克便代国王行法务并担任内务总管一职。他以熟练而睿智的手段治理王国，以强有力的手腕保护王国使得敌对势力不敢觊觎。尽管如此，不幸的事情仍降临到他头上。埃律狄克是一位高明的猎手，承蒙国王应允，可以在森林里逐猎雄鹿。他如同特里斯丹一样，足智多谋，英俊潇洒，在田猎方面又是如此出色，即使是最有经验的老猎人在打猎方面也挑不出他的错。出于恶意和嫉妒，有些人到国王那里告状，说他擅自阻碍王室成员们取乐。于是国王下令埃律狄克远离宫廷，但并未告知他原因，所以这位正直的骑士也无从知晓。他常常请求国王让他知道，他是被告了什么状；他也常常祈求他的国王不要管那些与他作对的小人的流言蜚语。他还提醒国王，他在为国王而战的战争中受过伤，但对此他的国王不置一词。当埃律狄克发现，他的主公已经不愿与他说话时，为了尊严他只有选择离开。他回到家中，召集了他的朋友，告诉他们，尽管自己对国王忠心耿耿，国王却对他无端怒火中烧。

"我并不指望国王对我以往的忠心服务有所感激；可是俗话说得好，农夫与为他背着犁的马争论并无益处。睿智又有德行的人自会对主上忠诚，对同僚怀有最大好意，并不希求他们的理解回报。"

接着骑士告诉他的朋友们，他不想再居留在这个国度，而打算漂洋过海去罗洛士王国，一个人在那边待一阵子，散散烦忧。他打算将他的辖地全交给他的妻子管理，他也要求下人们要像尊重他一样，以同样的方式侍奉他的妻子。尽心尽力交代好一切事项以后，骑士就启程了。他的亲友们自然因为他要离去而十分悲伤。埃律狄克带上了十位家臣，便踏上旅程。他的夫人跟着出来送他，尽可能地送到了最远的地方。她绞着手，对于她夫君的离去自然悲伤无比。末了，骑士发誓，自己对妻子会如妻子对他一样忠贞不渝，骑士夫人这才回了家。埃律狄克走啊走，来到了海边的一处港口。他乘着船，来到托特诺瓦。这儿国王众多，自然纷争不断。而在这片土地上，靠近爱克赛斯特的地方，住着一位国王。他非常富有而强大，只是年事已高。他膝下并无子嗣，只有一位年轻女儿，正当婚嫁年龄。这位老国王不肯将女儿嫁给邻国的一位王侯，后者则为此发动了一场惨烈战争，房屋毁弃，土地荒芜。这位老国王为安全起见，将他的女儿关在一座城堡里，墙又高又坚固。老国王还下令，守城军官一律不许出城，而敌人自然没有勇猛到能强取城堡的地步，就是在城墙边缘挑战一番也实属不易。埃律狄克听说了这场纷争，就此停下漫游。他考量了一番谁是这场战争中不义的一方，觉得老国王在形势上稍占下风，战事吃紧，于是决定尽全力助老国王一臂之力，为其作战。埃律狄克接着写了许多信给国王，告知他自己已经离开了原来的国境，有意在这里寻求国王的庇护，作为交换，自己愿意在这场战争中作为雇佣骑士为老国王而战。只要通关文书一下达，他以及侍从骑士们就将火速抵达，助他们的新主人一臂之力。埃律狄克让他的随从把这封信带给了国王。老国王读到这封信时，喜出望外，对信使极为尊重。他叫来了他的法务官，命令他飞快地写了一封通牒，确保骑士能顺利到他身边。他命令必须好好招待信使，给予他们足够多的钱以满足其花费所需。他还在通牒上盖上了王家大印，由一位可靠的心腹直接交给了埃律狄克。

埃律狄克于是应召前来。国王非常热情地欢迎了他，给予了他尊贵的礼遇，安排他住在城中一位豪富有礼的权势家族所居之处，他们给埃律狄克安排了最华美的客房。埃律狄克无论是在内室还是在外厅都举止得体，他还邀请这座城市里其他由于战乱或牢狱之灾而陷入困窘的骑士到他的住所。埃律狄克命令自己的部下，在他们居留的前四十天中不得拿城中百姓一针一线。可是到了第三天，城中就有了流言骚动，说敌人即将进城。居民都说，敌人已经接近，即将包围城市、偷袭城门。当这些流言骚动传到埃律狄克耳里时，他同他的侍兵立刻迅速地带上装备，跳上马。有大概四十名骑兵跟着他，剩下的则非病即伤，留在城中，还有一部分人已遭敌人俘虏。这四十名强壮的骑兵不等号角吹响就迅速地赶到了他们主人的住所，骑马跟在他身后穿行过城门。

"大人，"他们说，"你去哪儿，我们也跟去哪儿。你命令我们做什么，我们就做什么。"

"朋友们，"骑士答道，"谢谢你们为我效劳。我们当中每一个人都急切希望挫败敌人，或者尽量给敌人带去麻烦。如果只是在城里应战，我们是用盾牌守，而非用剑去进攻。我则认为，与其躲在城墙后，倒不如战倒在战场上。不过若是你们有更明智的主张，现在也尽管提出来吧。"

"大人，"一位侍兵说，"穿过树林，倒是有一条又直又窄的小路。其实敌人每次都走这条小路来偷袭我们的城堡。当他们在城墙下的正面战斗结束之后，他们习惯走这条来的路回去。那个时候他们的头盔放在马鞍上，战甲松弛，毫无防备。如果我们趁他们没有防备的时候袭击他们，让他们猝不及防，尽管自己也许会付出伤亡代价，但一定可以重重地打击他们。"

"朋友们，"埃律狄克回答说，"你们都为国王效劳，则应万死不辞、尽心尽力。现在，请跟我一起作战，看我做什么，你们便做什么。我向你们保证，每个人都会平平安安。如果从敌人那里有任何战利俘获，在场的每个人都有自己的一份。至少这场战争中我们能够伤敌若干。"

埃律狄克让他的将士在那条树林中的小路两侧埋伏好。就如同一位有经验的船长吩咐他的船员那样，埃律狄克安排并告知将士自己精心布置的周密计划、他们各自的行动分工，以及什么时机该喊出他的名号。当敌人踏上那条凶险的小径、落入他们设下的圈套中时，埃律狄克大声叫着自己的名号，号召他的同伴们，像男子汉那样英勇战斗。他们积极响应，重创了敌人。敌人惊恐万分，人马被冲散，狼狈逃入森林。战斗结束，他们俘获了法务官以及另外五十五个领主，那些人立刻宣布投降成为阶下囚，被交由侍卫看管。敌人在马匹装备方面元气大伤，埃律狄克他们则赢得财物及赎金等战利品无数。短时间内他们完成了如此伟业，便心满意足、兴高采烈地班师回朝了。

国王从一座塔楼上向外看去。他为他的士兵们忧惧，并暗暗责备埃律狄克，认为他在危急时刻背叛了自己。顺着那条路，他看见了一大队人马，满载着战利品。由于回来的人马数量大大超过原先出城作战的，国王没有认出来这些是他自己的士兵。他走下塔楼，又怀疑又担忧，命人牢牢守住城门，还命令他的守城士兵爬上城楼，准备战斗。当然这些如临大敌的准备，事实上都毫无必要。他派一个贴身侍卫出了城门，侍卫很快赶回来，向他报告了这场冒险之战的情况。他告知国王他们是如何埋伏偷袭的，捕获的俘虏又是如此之多。他绘声绘色地讲述法务官是如何被擒，许多骑士是如何受伤，勇敢的战士又是如何被杀戮的。国王这才相信发生的一切，喜出望外。他赶紧走下塔楼，迎接埃律狄克，当着他的面赞扬他，把战利品都许给他，以作为奖赏。埃律狄克又将国王赏赐的东西分发给他手下的兵士。他将装备与从敌人那里劫来的财物悉数分给国王的兵士，自己只留下了三名战斗最英武勇敢的骑士。从这天开始，国王十分敬重埃律狄克。他邀请骑士及其部下为他服务一年。一年终了，因为笃信不疑骑士对他的忠诚，他又任命骑士为自己王国的内务及法务总管。

埃律狄克不仅英武勇敢、足智多谋，他同时还非常遵守礼节，文职事务也处理得非常好。

那位美丽的少女，即国王的女儿，听善良的人们谈起埃律狄克的事迹，早就迫不及待地想见见他。她派一位心腹侍卫到骑士那里，请他来她的住所，这样她便可聆听他的英勇事迹而有所慰藉，因为如此出色的一位骑士竟还未寻求与她的情谊，这是让她惊讶的。埃律狄克回复侍卫说，他非常愿意前往，以一睹如此高贵之女士的芳容。他命令他的侍从给战马套上马鞍，就骑马去了那座宫殿与女士见面。埃律狄克站在女士的住所外面，请求内侍告诉女主人他已依她的愿望前来。内侍微笑着上前，径直领他到了女主人的房间。当公主看见骑士时，她好感顿生，立刻以最得体的方式欢迎他。骑士看着美丽的女士，也惊为天人。他有礼貌地感谢她，感谢她能青眼相加，让自己能与这样一位高贵的女士见面。吉拉尔顿拉着埃律狄克的手，带着他来到床边，坐在了一起。他们滔滔不绝地交谈，发现彼此间有着说不完的话。少女目不转睛地盯着骑士的容颜，内心暗暗对自己说：从来没有碰到过如此美好的人儿。在她眼里，他十全十美，因上天注定，她不由自主坠入爱河。她叹息着，几乎花容失色。不过她还是很好地把心事藏起来，不让骑士知晓，不然他还会觉得她的表现有失体面、不够可爱呢。谈了许久的话以后，埃律狄克这才离开了她。少女其实巴不得他再停留久一点，但是却又没有胆量挽留他，只好由着他回去了。埃律狄克回到住所，不禁陷入沉思。他想着那位美丽的少女，国王的女儿，如此温雅甜蜜地请他到她身边，临行前还与他吻别，那一声甜美的叹息犹在耳旁。他非常后悔，在这儿待了这么久，之前竟从未一睹芳容，于是下决心从今往后一定多多地拜访她。可是他又想起了在故土家中他撇下的妻子，想起了他们分别时的场景以及订下的盟誓，他们之间必须永远心怀信念、对彼此忠贞不渝。哎，可是他刚刚见到的少女，却似乎已迫不及待要许身于他了！如果她心意已决，那么他又凭什么能避开她的追求呢？

　　整个晚上，那位美丽的少女，国王的女儿，也未曾合眼休息。她清晨就早早起来，叫来了她的贴身内侍，将一腔心事告诉给了他。她头靠着窗棂，似有万分愁绪。

　　"我愿对上帝发誓，"她说，"现在我仿佛已坠入深渊，悲伤无比。我爱埃律狄克，那位好骑士已经被父亲任命为他的内务总管了。我对他的爱恋如此之深，以至于整个夜晚我都辗转反侧，无心成眠。如果他也能心许于我，回报我的炙热爱恋，那么我会心甘情愿、无比快乐地献身于他的。他大可成为这儿的国王，获得如此优厚的奖赏；不过以他的英明睿智，也许国王的称谓还配不上他呢。可如果他对我只能止乎于礼，那么我将悲伤万分，宁愿选择死去。"

　　公主一股脑地把心里话都告诉给内侍听，并请他给予她忠诚可靠的意见。

　　"女主人，"他说，"既然你已经倾心于这位骑士，不介意的话请送他一样信物吧——代表好意的腰带，或者围巾，或者戒指。如果他因为收到这样礼物而欢欣鼓舞，则证明他也是爱你的。如能被你垂青，天下还没有哪位帝王，会不因此心花怒放呢。"

　　少女仔细地倾听了她的内侍的意见，回答道："如果我现在能知道，他同样也渴求我的爱，那就好了！还从来没有哪个女子，以主动询问爱或者不爱的方式来追求一位骑士的。他如果把我当笑话，同他的朋友一起嘲笑我，那怎么办呢？啊，如果那心里的秘密，能一览无余地浮现在脸上就好了！那么现在你马上准备，赶紧过去吧。"

"女主人，"内侍答道，"我已经准备好，随时待命。"

"你必须多次提醒他，你是以我的名义而来。将我的这条腰带，连同这个金戒指，交到他手上。"

内侍领命前去。少女是如此的焦虑，以至于她差点儿就要把内侍叫回来了。但她最后还是让他去了，其后自言自语安慰自己："啊，我身上究竟发生了什么，以至于我对这么一个陌生人如此倾心。我对他一无所知，不知他品性如何，是高贵还是卑劣；我也不知道他是否会轻易离开，像他来这里一样轻易。我干了傻事，真是不应该，我将我的爱情如此轻易地就给予了他。昨天才是我第一次跟他说话，现在我却在祈求他的爱情。毫无疑问他会取笑我的！可是，如果他如我想的那样，是一位彬彬有礼的文雅之士的话，他会理解，不会为难我的。现在骰子已经掷出，如果他不能爱我，那么我将是天底下最悲哀的女人了，此生都不能再尝到欢乐的滋味。"

当女子如此这般悲叹的时候，内侍火速来到埃律狄克的住处。他来到骑士跟前，以他的女主人的名义问候他，递给他戒指以及腰带。作为回礼，骑士也十分衷心地感谢他。他将戒指戴上手指，又将腰带缠在腰间。他没对内侍说什么，也没问任何问题，只是给了他一份回礼。内侍拿着这份给女主人的回礼回到了公主的住所，在卧房找到了她。他首先替骑士向她问候，谢谢她的赠予。

"上天啊，"女主人急切地喊道，"别对我隐瞒，他到底是爱我还是不爱？"

"公主，"内侍回答道，"依我看，他是真心爱你的。对感情他并不玩弄言辞。我觉得他是一位非常谨慎体面的绅士，能够将真正的感情藏于心底。我首先以你的名义向他问候，接着送给了他你的信物。他将戒指戴在手指上，将腰带系在身上，在腰身上系得紧紧的。我并没有同他多说话，他也没和我多说。但是我敢肯定，他是以温柔虔诚之心收下你的信物的。我已经告诉你他的言语，至于他的所思所想我就没法告诉你了。可是，请仔细地听我下面这个结论：埃律狄克既然从我手上收下了你的礼物，就一定心有所感，并也有贵重的信物要给你。"

"啊，也许你在开玩笑吧，"公主说，"现在我很清楚，至少埃律狄克不讨厌我。啊，我唯一的错误是对他过于倾注我的关爱了，假使他讨厌我，那他是太不应该了。在下次见他之前，我再也不会派你或是其他任何人，试图从他那里得到什么了，我也不想再从他那里寻求慰藉了。他应该清楚，少女的爱意并不是那么轻而易举就赠予、随意就能收下的东西——可是，也许他在这个国度也待不了那么久了，不会再知道这些了。"

"公主，骑士已经订下契约，在一年期内全心全意侍奉国王。在此期间你想让他知道什么，你自然有的是时间和机会让其知晓。"

当公主得知埃律狄克将会待在这个王国时，她顿时欢欣鼓舞、欣喜异常，因为骑士将在她的国度再停留一段时间。她却丝毫不了解，他所感受到的煎熬从见她的第一面就开始了。

他心思不再宁静欢愉，因为他无法将她从脑海中抹去。他狠狠地责备自己，一刻不停地提醒自己，去国离乡时与他的结发妻子订下的永不负心的誓约。可是现在他的心已经被少女牢牢俘获，不能自已了。他一方面渴望对他的妻子忠贞又诚实，可是另一方面，他又不能抑制住他对吉拉尔顿——这位真诚又美丽的少女的爱慕之心。

埃律狄克试图依循他的良知与荣誉感行事，对于情事总是止乎于礼。他仍与少女见面，同她说话，也接受她的亲吻与拥抱。但是他从来不提起爱情这个词，也从不越轨一步、殷勤追求。他在这方面小心翼翼，因为他必须为他的妻子遵守盟誓，也不能忤逆触怒现在的国王。他这么做自然是费了好大一番努力，承受了不少痛苦，可结果，他再也忍不住了。这天，埃律狄克给马上了鞍，召集了护卫，到城堡去觐见国王。同时他也盘算着，或许能见到他的爱人，知晓她现在的心思。这会儿正是用膳时间，国王刚用过餐，进入了他女儿的房间，与一位来自外国的君主在下棋，而公主则在一旁观棋。埃律狄克走到国王跟前，国王热切欢迎了他，命他坐在近旁。之后国王转向他的女儿，说道："公主，也许你是时候与这位大人发展一些亲密情谊了。请你好好对他，尊崇他。因为他是一位真真正正百里挑一的优秀骑士。"

少女听到她父亲的旨意，变得欣喜若狂。她轻轻起身，领着骑士到了一个离大家有些远的偏僻角落，并排坐着。他们之间的爱如潮水，但情感越炙热，双方之间便越沉默。她不敢先开口，而对于骑士来说，他宁愿面对另一个全副武装的骑士也不敢面对她。最后，埃律狄克非常有礼貌地感谢她的信物，感激之情真挚又宝贵。少女回答骑士说，骑士能接受她的戒指，能戴上她送的腰带，这对她来说非常重要。她深深地爱恋骑士，希望能嫁给他。如果她的愿望不能实现的话，她只知道一件事，即她从此以后将别无他恋，至死不嫁。她相信，他是不会拒绝她的愿望的。

"女士，"骑士回答道，"对于你的爱，我欢喜涕零；对于你慷慨给予我的好意我要谦卑地感谢。确实，我应当是天下最快乐的人，因为你已向我显示，为了我们之间的情谊，你已能做到哪一步。可是你还记得，我也许不能永远留在你的国度吗？我与国王订有誓约，将服侍他满一年的时间。也许我能停留稍微长一点的时间，因为他的战事不到结束我是不会离开的。那之后，我将回到我自己的故乡了。所以，美丽的女士，请允许届时我与你道别。"

女子回答骑士道："亲爱的人啊，我衷心感谢你得体有礼的回复。也许到了那个时候就会知道我们之间的感情是否会圆满。我对你的话永远抱有信念。"

两位情人未再多说，因为他们彼此都确认了对方的心意。埃律狄克骑马回到了他住的地方，欢欣鼓舞又心满意足。他经常去找他的爱人谈心，他们之间的爱情也变得更加浓烈。

另一方面，埃律狄克在战事方面频频出击，最后擒获了他侍奉的国王的那位对头，从敌国手里夺回了土地。他在战场上的足智多谋与骁勇善战被交口称赞。在老百姓眼中，他更是一位慷慨大方的骑士。这个时候，那位驱逐过埃律狄克的国王正殷勤地到处找他。他曾先后派过三位信使，漂洋过海寻访他先前的内务总管。他现在有一位强大的敌人，不堪其扰。他所有的城堡都被敌军占领，所有的领土都归为敌方所有。他时时责备自己听信小人谗言，错怪了埃律狄克。他非常思念他麾下最好的骑士，并将当初那些出于恶意和嫉妒对他进献谗言、肆意诽谤埃律狄克的坏领主们赶出了宫廷，甚至最后驱逐出了他的王国。国王接着还不停地写信给埃律狄克，在信中诉说他们先前的亲密君臣情谊，恳求他在自己现在最需要他的时候赶回来，救助其于水火之中。埃律狄克听到这些消息，心情变得十分沉重，因为他对公主怀着悲伤的爱情。而她也倾其所有地爱着他。两位情人之间的爱情至纯而甜蜜，从来没有一句话、一个行为跨越雷池一步。在一起亲密地说说话，痴痴地交换一些定情信物，这些就是他们爱情的全部了。少女暗自祈求骑士能永远待在她的国度，做这儿的君主。至于他在海外已经娶有妻子这一事实，她毫不知晓。

"唉，"埃律狄克说，"我已经在这个国家居留太久，已然迷失了。在这儿我恋上了一位少女，吉拉尔顿，国王之女，她同时也倾心于我。我们现在如若分离，至少其中一人，很有可能会殉情。可是我必须离开了。我的领主已经来信要求我回去，而我先前已经向他宣誓效忠。荣誉和责任感要求我必得回到我妻子的身边。我不敢停留了，我必须回去。我不能与我的公主结婚，在所有基督国度里没有一个神父能使我们结合成为丈夫和妻子。啊，造物弄人！上帝啊，我们的分别将是多么让人潸然泪下的告别啊！可是即使我将遭众人讥笑，至少还有一个人是懂得我的难处的。我将遵从她的愿望行事,她要我怎么做,我就怎么做。她的父王,那位国王,已经没有战乱之虞了。首先,我要去找他,请求他让我回到自己的国度,因为我原先的领主正需要我。其次,我要去找公主,告诉她事情的原委。她会让我知道她的愿望,而我也将依她的愿望行事。"

骑士不再犹豫该走哪条路。他径直去到国王那里,要求他允许自己离开。他告诉了国王自己先前领主的困扰,将其写来的信放在国王手里,读出信中要求他返回的内容。当这边的国王读到信,得知埃律狄克要走的原因时,他变得非常悲哀与沉重。国王许诺将自己王国的三分之一给予埃律狄克,并且埃律狄克想要什么珍宝财产就赐给他什么,只要他继续留在自己身边。除了这些允诺,国王还对埃律狄克表示了有生以来最郑重的感激。

"国王,请不要再劝阻我了,"骑士说道,"我的领主现如今深陷危机,他不远万里来信请我回去,我就必须在他困难的时候助他一臂之力。当使命结束的时候,我会很高兴地回来这里,如果你还需要我的服务的话。那个时候我也会带一大群骑士,统统归于你麾下。"

国王对埃律狄克的话表示感谢,慷慨地容许埃律狄克如愿离开。他还给了埃律狄克大量的财产,金银珠宝,马匹猎犬,以及绫罗绸缎,样样都华美亮丽,埃律狄克想要什么就能有什么。而埃律狄克则谨慎地根据自己的需求,稍稍拿了少许。接着,他非常委婉地问国王要另一份礼物,即,如果国王允许,他能否在临行之前和公主告别?国王说,非常乐意。他下令让一个侍童打开了公主房间的门，告知她骑士的请求。公主看到骑士，立即握住他的手，非常温柔地招呼他。埃律狄克因为有这桩变故要宣告，无心拥抱亲热，面有难色。他坐在公主的身边，尽可能简短地向她道明事情原委。他一向她读了那封来信，她的脸色就变得苍白，马上要晕倒了。埃律狄克看见了，他也惊慌失措。他一再亲吻她的嘴唇，伏在她身上悄声哭泣，将她紧紧拥在怀里，直至她恢复意识。

"最亲爱的人，"他温柔地说，"请允许我告诉你，你是我的生，也是我的死，是我全部的慰藉所在。我已与你父亲告别，准备回到我自己的故乡，因为我先前的国王遭遇了困境。但唯有你的欢愉才是我本人唯一意愿所向。不管未来会发生什么，你的指示我一定会做。"

"既然你不能留在这里，"少女说道，"那么，请带我一起走吧。你到哪儿，我也跟着去哪儿。不然，离开了你的生命是如此黯淡无光，以至于我宁愿马上用刀结束我的生命。"

埃律狄克爵士的回答非常温柔动人，因为他爱的少女是如此真诚，而他对她的爱恋亦同样真诚。

"亲爱的人，我已经对你的父亲发誓忠诚，我将供他驱使。如果我把你带走的话，我岂不违背了我的誓言？现在让我们许下这个誓约吧：如果你能准许我回到我的家乡的话，我以骑士的荣誉发誓，你想让我哪天回来我便哪天回来。我的生命取决于你。只要我活着，身体健康，世界上没有什么东西能将我同你分开。"

说了这话以后，深深恋着骑士的少女便准许她的骑士离开了。离开之前，他们约定好了期限和回来的日期。将要告别的时刻，悲伤满溢。他们还互相交换金戒指作为信物，起誓永不相忘。他们温柔地亲吻了对方，如此便分开了。

埃律狄克来到海上，正有一阵顺风，将他轻快地送到海的那边。他的领主对于他的回归非常高兴。他的亲朋好友都出来迎接他，而老百姓也欢天喜地欢迎他归来。他们之中对于他的归家最高兴的，要属他美丽忠贞的妻子了。而尽管大家对他的归来是如此欢欣鼓舞，埃律狄克本人却日渐悲伤，并陷入沉思。在见到他的情人之前，他总是愁眉不展，无法感受到任何快乐，也提不起精神来做任何事情。他对他的妻子也非常冷淡，这使她极为难过。她暗暗自省，自己究竟有什么做错了，遭此冷遇。她也经常私下里问他，在他外出期间她可是有什么地方做得不对或是冒犯他了。若是她有任何冒犯，他应该让她知道，她好马上纠正。

"夫人，"埃律狄克回答道，"不管是我还是别人，都认为你的尊严声誉无可挑剔。我现在这样忧愁，根源在我自己。我已经宣誓效忠我从那儿返回的国度的国王，答应他如有需要，我会赶回去帮助他。当我这边的领主已无战事之扰时，八天之内我应再次出海。为此我当忍受千辛万苦。可我必须返回，不这样做，我将备受煎熬，无心他事。因为发过的誓言我必须遵循，不得有悖。"

埃律狄克再次将他的封地交由他的妻子看管。他去见他原来的君主，尽最大的能力辅佐他。由于骑士的明智建议以及显赫武功，国王很快恢复了势力。骑士与他的情人约定好的期限将至，她定下的返程的日子临近了，埃律狄克勇武作战，以至于交战两方很快就缔结了和平条约。之后，骑士便准备要踏上返程，同时他也考虑返回时该带上哪些贴身人选。他打算选他十分喜爱的两位外甥，还有一位自家的家臣。这些都是心腹仆从，对他的心思知道得一清二楚，对他的指示也格外默契。他同时还带上了他的侍从，人数不多，因为埃律狄克打算尽量精简。而这些外甥、家臣与侍从，埃律狄克也让他们发了誓，永远不要把他的所作所为告诉外人。

　　一行人毫无耽搁，赶到了海边，很快就过海到了埃律狄克魂牵梦绕之地。骑士找了一家离港口较远的旅馆，因为他不想让外界知道他已返回。他叫来了他的侍从，让他带着一封信去找他的情人，告诉她自己已经如约而至。夜幕降临，城门关闭之前，埃律狄克便跟在他的信使之后出了城。他便装出行，徒步径直向公主所居住的城市走去。那侍从来到宫殿前，到处私下询问打探，终于找到了公主的房间。他向公主致敬，告知她，她的情人已然在此。吉拉尔顿听到这消息时，大为吃惊，悄悄流下了喜悦欢乐的泪水。她吻着情人的书信，也亲吻了带来这好消息的信使。侍从接着恳请公主备好衣装，做好准备去见她的情人。他们花了一天的时间准备旅行的行头，就像之前已经计划好的那样。黑夜降临，万籁俱寂的时候，少女从住的宫殿偷偷溜出，与她同行的还有那名侍从。为了防止别人发现她，少女在她穿戴着的绣着金丝的丝绸衣袍之外披上了一袭旅行用的斗篷。距离城门一箭之地，有一片秀美的草地，其中有一丛矮树林。埃律狄克及他的随行正站在那附近，等待吉拉尔顿公主的到来。当埃律狄克看到裹在斗篷下的女子，而女子旁边他的侍从正抬手给她指引方向时，他就赶紧下了马，温柔地亲吻她。他的随行们看到这动人一幕也是由衷高兴不已。他带着她上了马，自己骑在前面，戴着手套手握马缰，全速返回港口。他上了船，船只即将出海，船上除了埃律狄克一行及他的公主吉拉尔顿外，没有其他人。这时刮着顺风，海面波澜不惊，驾船水手都以为他们能够迅速抵岸。可是正当航程快要结束时，海面上突然起了风暴。一阵狂风将他们吹得远离了安全的海域，他们的船桨被折断，船帆被撕离了桅杆。他们虔诚地呼喊圣尼古拉斯、圣克莱门蒂①、圣母马利亚的名字，祈求他们能开恩帮助自己渡过这场劫难，他们呼唤圣母，祈求她能对她的孩子们显灵，不要让他们死去，而是平安将他们送到港口。现在既没有帆又没有桨，船只由着风暴肆虐，一下漂到这儿，一下冲到那儿。他们濒临死亡边缘，终于同行中有一人，大声地哭喊着：“祈祷有什么用呢！老爷，你身边跟着她，正是她给我们大家带来了死亡。我们永远也到不了岸了，因为你已经有了一位忠诚的妻子，现在又要娶这位异邦女子，这是罔顾上帝及其旨意，罔顾名声以及你先前已经立下的誓言。请让我们将她扔到海里去吧，这样风浪马上就会止息。”

埃律狄克听到这些话，勃然大怒。

“你这坏奴仆，遭天谴的背叛者，”他大声说，“竟想让我放弃我的爱人，你要为你说的话狠狠付出代价。”

① 圣尼古拉斯是传说中保佑航海商船、水手及小孩的圣人；圣克莱门蒂是第四任教宗。——译者注

埃律狄克将他的情人紧紧搂在怀里，尽全力安慰她。可是当女子听到她的骑士在自己的家乡已然婚娶，她马上晕了过去。她的脸色苍白，毫无血色；她停止了呼吸，也不再叹息，似乎做什么也无济于事。人们将她抬到遮蔽处，确信她一定是由于肆虐的暴风雨而死了。埃律狄克悲伤无比。他站起身来，快步走到那个侍从跟前，拿起船桨狠狠地击中他。这位侍从一下子倒在甲板上。埃律狄克拖着他的双腿，走到船边，将尸体扔进了海里，尸体很快就被浪涛吞噬。他又走到了那破船舵那里，技术娴熟地掌舵，直至最后将船驶向了岸边。到了宁静安全的港口以后，他们放下锚，将船牢牢地泊在了岸边。吉拉尔顿仍昏迷不醒，毫无生气。埃律狄克愈加悲哀，认为是自己亲手害了她。他询问他的同伴在哪里可以就近安葬他的情人，"因为我必须给她一个与国王女儿地位相称的盛大又隆重的葬礼，不然我不会与她道别"。他的同伴们没有出声，因为他们已经被发生的一切惊得哑口无言。埃律狄克苦思冥想着，应该把情人带到哪里去。他自己的家离上岸的港口很近，天黑之前就能很容易地骑马到那儿。他想起在他的领地有一处浓荫遮蔽的狭长森林。森林中有一座小教堂，教堂中有一位虔诚的教士，在那里服侍已经有四十多年了，埃律狄克也经常去拜访他。

"我打算，"他说，"将我的情人托付给他。在他的教堂里，他会将她甜蜜的身躯安然下葬。我要将我的许多财产赏赐于他，在小教堂的礼拜堂附近建造一座气势恢宏的大修道院。在那儿将常驻有一些修士、修女，为纪念她而吟诵祈祷，愿她安息。"

埃律狄克先让他的同伴发誓，永远也不要把发生的一切说与外人，接着上了马。他将他的情人放在马前，这样他就能和他死去的情人一起骑行。他进入森林，来到那座小教堂前。侍从首先上前大声招呼并敲打大门，但大门紧锁，无人应答。埃律狄克命人从一扇小窗里爬进去，从里面开了门。当他们进入小教堂时，发现里面有一座新造的坟墓，坟墓上写明，那位教士八天前已然仙逝，功德圆满。埃律狄克极为悲痛沮丧。他的同伴建议再挖一座坟墓，好安放他的情人，可骑士决然不同意，因为他说，他原本是打算听取教士的建议，在她的坟墓上建一座教堂或修道院的。"现在这样，我们只能将她放在祭坛前，愿圣主照看好她。"他下令让随从们奉上他们的斗篷，在祭台上搭出一圈床幔，将她安置在祭台搭就的床上，紧紧地将她包裹在她情人的斗篷里，让她躺在里面。埃律狄克告别他的情人的时候，失魂落魄，好似自己的生命也失掉了一般。他吻着她的眼睛和脸庞。

"美丽的情人啊，"他说，"如上天能垂怜，我此生再也不会佩带宝剑或者长矛，也不再探寻此世的快乐。啊，美丽的情人啊，我们于如此的凶时相遇！甜蜜的情人啊，你又是在那样苦痛的时刻逝去！最美丽的人啊，若不是由于你对我最纯洁忠诚的爱情，你现在是不是已然是王后了？我的爱人，你的逝去让我无比悲伤。当你下葬之后，我会马上皈依教门；每一天，在你的坟前，我都会在胸前的祈祷书上诉说我的悲伤。"

与他的情人告别之后，埃律狄克从小教堂里出来，关上大门。他同时也给他的妻子送了一条口信，告知她，他即刻归家，但已疲乏不堪。当夫人听到这个消息时，内心无比欢喜，早早就准备出来迎候。她温柔和蔼地迎接他，可是对方却愁眉不展，对她既不回以微笑又无温柔言语。在埃律狄克回家后的两天时间里，她不敢询问个中缘由。骑士大清早就去听弥撒，然后就去往少女所在的修道院。他发现她一如之前，一动不动，气息全无。他惊异不已，因为她的肤色仍然粉白透红，和生前一模一样。除了略有些苍白之外，她并未失去那甜蜜的光彩。他伏在她身上放声大哭，为她的灵魂祈愿。说完祈祷词以后，他就回家了。

有一天，埃律狄克出去的时候，他的妻子叫来她的一位贴身侍从，命令他一直跟着主人，直到搞清楚他究竟是所去何处、所为何事。侍从偷偷藏在树丛中，十分隐秘地跟着他的主人，以至于他毫无察觉。他见到骑士进入了修道院，听见了他在里面哭泣和祈祷的声音。当埃律狄克出来的时候，侍从连忙跑到他的女主人那里，将他的所见所闻，将所有的眼泪与悲伤，将他主人在修道院里的举动都告知她。夫人则鼓起了勇气说道："我们明天就尽早一起去这个修道院看一看。我的夫君说他那会儿会骑行去宫廷与国王会面。尽管我知道我的丈夫十分敬爱那位修士，我却未曾想过修士的逝去竟让他如此悲伤，几近疯狂。"

第二天，夫人先不动声色地等夫君离家了。中午时分，当埃律狄克到宫廷去觐见国王的时候，夫人迅速动身，带着侍从，飞快地向修道院赶过去。她进入修道院后，看见有张床在祭台上方，而一位少女躺在其中，就像一朵新开的玫瑰。俯下身查看的时候，夫人移开了覆在少女身上的斗篷。她看见了那笔直的身体，长长的手臂，精致洁白的小手，纤细的手指交叠在胸前。她这才知道了自己丈夫悲伤的原因。她叫来侍从，将这桩奇事指给他看。

"看呐，"她说，"看这位女子，美貌如同宝石的光艳！这位女子生前是我夫君的情人。为了她，他现在终日愁眉不展。可我凭我的信仰起誓，我心也跟他一样，情同身受。我虽身为女人，但无论是出于怜悯还是爱，见到这样一位美丽的女子掩埋在尘土中，也要悲痛万分。"

如此，夫人也俯身在少女身体上大哭。当夫人坐着哭泣的时候，一只鼬鼠从祭坛下钻出来，跑过吉拉尔顿的身体。侍从挥舞着棍棒，将它打死。他拎着鼬鼠，将它扔得远远的。之后这只鼬鼠的同伴出来寻找它。母鼬跑到公鼬的尸体旁，发现它一动不动，不能爬起来，它立刻溜出修道院，跑进树林，很快又跑了回来，齿间叼着一朵朱红色的花。母鼬将这朵红花放在刚才被侍从杀死的公鼬嘴里，它立刻就站了起来。当夫人看到这一幕，她赶紧向侍从喊道："朝那只鼬鼠扔东西，侍卫，扔啊！把那花拿到！"

仆人将棍棒朝它扔过去，鼬鼠逃走了，将那朵花留在身后。夫人站起身，拿着花朵，快速回到祭坛。她将那朵依然艳红的花朵放入少女口中。有那么一瞬间，夫人也同少女一样，呼吸屏住。然后少女叹了一口气，恢复了意识。她刚睁开眼，就开始说话。

"神啊，"她说，"我真是睡得久！"

当夫人听见少女的声音时，她立刻感谢了上帝。她马上询问少女的名字及修道阶衔。少女回答说："夫人啊，我在罗洛士出生，是那儿国王的女儿。我深深地爱上了一名叫埃律狄克的骑士，他是我父王的内务大臣。我们从家乡私奔逃出，可是这一步正铸成大错。他从未告诉过我他在自己的国度中有一位结发妻子，把这事瞒得严严实实，我丝毫不知晓。当我被告知他有妻子时，出于悲恸我昏死过去。现在看来，这位虚伪的情人，对我犯下重罪，在异国他乡背叛了我。啊，什么样的不幸会发生在深陷这样险境的少女身上啊？那些全心全意信任男人的女子们是多么愚蠢啊。"

"美丽的女士，"夫人回答说，"他如得知你依然活着，那对于他将是世上无双的快乐。他以为你死了，每一天他都在这座修道院里为你哭泣。我就是他的妻子，他忧愁无比，而我目睹他的痛苦，自己也忧愁无比。我想知道他忧愁的根源，这才命人跟着他，在此处找到你。我得知你依然活着，也无比快乐。跟着我，一起回到我的家中吧，我会将你交给你温柔忠诚的情人。之后我要解除与他的婚姻誓言，因为隐世修道一直是我此生宏愿。"

夫人说着这些话，安慰少女，一起回到她的家中。她叫来仆人，命他寻找主人。仆人东奔西走，终于找到了埃律狄克。仆人径直向前，如实向主人禀明情况。埃律狄克立即上马，一刻也未等待仆人随行，当天夜晚就赶到他的府邸。当他发现先前以为死了的人儿还活着的时候，他对妻子感激涕零。他的欢乐无以言表，觉得这天是有生以来最快乐的日子。他不停地吻着少女，她也回之以吻，他们的幸福溢于言表。夫人目睹这一切，知道她的夫君心属何人。她请求他让自己离去，从此与世隔绝，潜心修道，只侍奉上帝。对于他的家产，她只求分得一小部分，数额只需足以建立一座修道院。而之后他就可以顺心娶得他真正的心仪之人，毕竟一夫不能坐拥两位妻子：这既不诚实又不体面。

在这种情形下，埃律狄克马上同意了他妻子的这些安排。她的要求他无一不允诺，一切如她所愿，他赠予她那片靠近那个小教堂与修道院的林中之地，重建了一座非常壮美、一应俱全的教堂，随后捐赠给修道院无数金钱土地。一切都安排好之后，夫人便戴上修女头纱。另外三十位贵族侍女也随着她走进修道院，她便成了这个修道院的院长嬷嬷，号令公正，尽忠职守。

其后埃律狄克迎娶了他的情人，婚宴盛大华丽，自不用说。他们很长时间一直相敬如宾，因为两人之间的爱情渐臻完美。他们行事极为正直，极为慷慨，广施恩泽，直到有一天觉得侍奉上帝的时机已到。一番思索之后，埃律狄克在他的城堡边上建了一座大教堂。他将自己所有的金银财宝及领地都捐献给了这座教堂。他在那儿又派驻了许多神父及圣洁的平信徒，宗教侍奉与内廷家事，一概不落。当一切建好，井井有条之时，埃律狄克将自己——尽管是软弱的凡胎肉身——献给了全能的主，余生侍奉上帝，并且他让他心爱的妻子加入了他曾经的妻子吉尔德律刻院长的行列。院长嬷嬷以修女之道接纳了她，无比荣耀地欢迎她的加入。院长嬷嬷主持了她的洗礼，并教会她侍奉主上的方法和规矩。她们同声为他向上帝祈祷，愿他有生之年能够取得上帝的关爱。而他也为她们祈祷。他们在所住的修道院之间互通消息，每一位都鼓励对方循上帝之道，每一位也竭尽全力，尊爱上帝，遵循上帝的神圣旨意。由于上帝普施恩泽，每一位都借着上帝的垂怜过完圆满的一生。

这三位情人的冒险故事，遵守宫廷礼节的布列塔尼人将其制成莱歌，以免人们将其遗忘。

夜莺之歌

现在我要告诉你们一个故事，布列塔尼的竖琴歌手已将其编为一首莱歌。在布列塔尼语里人们称之为劳斯狄克，在法语里称之为罗斯辛格诺，而在英语里就是"夜莺"的意思了。

在布列塔尼王国内有一座富裕强大的城市，其名为圣马洛城。该城有两位骑士，品行高贵，闻名遐迩，为城市带来不少荣耀与财富。这两位骑士的封地彼此靠得很近。其中一位骑士有幸娶到一位美丽非凡的女子，她仪容优雅，谈吐甜美。这位女子也乐于打扮得高贵华丽，紧随时代之风尚。另一位骑士尚未婚娶。他之英勇坚毅、诚实高贵，认识的人无不交口称赞。他也慷慨好客，善待他人，收入不菲，而花销也同样大方，向来倾囊以待人，从不吝惜。

这位孤身骑士爱上了那位邻人骑士的妻子。由于他祈祷热切，长期诚心追求，也因为他是如此优秀——人们提起他时，只有交口称赞，也或许是因为他总是不离这位女子的眼底，这位女子终于回报了他的爱情。两位情人间的爱情热烈又温柔，但由于总是偷偷会面，非常小心仔细，无人知晓他们之间的爱情，既没人跟踪，又从不受打扰。因为这位孤身骑士和这位女子比邻而居，他们之间的会面安排既容易又方便。他们的府邸并排挨着，大厅连着大厅，地窖接着地窖，阁楼挨着阁楼。只在花园之间建有一道年代久远的高墙，由斑驳灰石筑就。当这位女子坐在花园的树荫处，只要稍稍探出窗棂，她和她的情人就能够互相对话了。他们还彼此交换文字消息，以及各种各样漂亮的礼物。他们在一起时总是心满意足，如此快乐自如，唯一的遗憾之处就是他们不能如心中所愿，随时随地、自由自在地在一起。因为当这位女子的丈夫出门在外时，对她的看管甚严。不过，他们仍能够互通口头消息，日日夜夜，时时不停。而且不管侍卫随从看管得多么紧密，没人能阻止这对爱侣时常站在窗户边，含情脉脉地凝视对方。

　　长时间以来，这对情侣一直遥遥相望。现在却正是和暖甜蜜的时节。这时节到处绿草如茵，果园里洁白的花朵盛放，鸟儿的歌声盛大，恰如灌木丛中开满的繁花。也正是在这样的季节，情侣们实在难耐心中的爱欲。告诉你们吧，那位孤身骑士正要竭尽全力，一偿所愿；而女子也对她情人的音容笑貌思慕不已。夜晚，如果月色皎洁，女子的丈夫在一旁熟睡的时候，女子会悄悄从床榻溜出来，快步走向窗棂，探出身子好一睹情人容貌。暗夜里两位情人经常一宿无眠，虽不能一偿爱欲，但看着情人的脸庞已经非常愉悦了。这种情况多次发生，由于女子夜里从床上起来得太频繁，她的丈夫极为光火，多次询问她不安心睡觉的原因。

"丈夫啊，"女子回答道，"聆听夜莺歌唱真是世界上最美好的事情了。因为那夜里响起的如此甜蜜的夜莺啼叫，我才多次去窗边侧耳倾听。世上哪种乐器，无论是竖琴还是提琴，若是有那一半动听就好了。听到这歌声，我心是如此欢喜，跃跃欲动，所以直到天亮还合不了眼。"

丈夫听到妻子的这些话，内心愤怒，充满憎意。于是他意图让那只夜莺在罗网里唱歌。他命令家仆，在果园里精心设好陷阱网罗。每一株开花的栗树及榛树上面都系好了罗网，以便捕获这只鸟儿。没过多久夜莺就被抓住了，仆人赶紧将它呈到主人面前，以遂主人的愿。主人将夜莺活活捉在手里，真是兴高采烈，马上径直向夫人房里走去，说道："夫人，你在吗？赶快来，我有话要对你说。夜莺现在在这儿了，被罗网牢牢罩住。它曾在你应当睡觉的时候使你时时不得安宁。现在你可以安心休息了，它再也不会打扰你的睡眠了。"

当夫人听到这些话时，她变得极为悲恸沉重。她请求她的丈夫将夜莺赠予她当礼物。作为答复，他双手掐住鸟儿颈部，用力将它的头扭了下来。然后，他恶毒地将鸟儿扔到跪在地上的夫人的膝盖旁边，以致她的胸口溅满了鸟儿的鲜血。如此这番，丈夫才怒不可遏、气势汹汹地从夫人房间离开。

夫人将鸟儿小小的尸体捧在手里，为它悲惨的命运而哭泣。她斥责那些设计好罗网将夜莺害死的随从，内心无比忿恨。

"啊，"她叹息道，"命运对我是多么不公啊。夜里我将再也不会从床上起来，从窗棂向外探望，一睹我的爱人的容颜了。我知道，他会以为我不再爱他了。而可怜的我的心意，又有谁能慰藉呢？那么，我要这样做，我要将这只夜莺交给他，以告诉他，命运弄人。"

于是这位悲伤的女士写了一封优美的信，信笺镶嵌着金色花边，内中将这悲惨的经历一一倾诉。她还用绸布包裹着那小小鸟儿的尸体，然后叫来一位心腹随从，命他将这消息通告给她的情人。随从遵命，找到那位孤身骑士，先代他的女主人向他致意，告知他整件事，随后将夜莺交给了他。当骑士听闻整件事情的前因后果后，他思虑良久，也悲伤无比；可他对此变故也无能为力。于是他令人做了一副小小的匣子，不是由钢铁打制，而是以最精致、最贵重的金银珠宝镶嵌打造而成的一个珠光宝气的盒匣，关上以后十分牢固。在这小小的盒匣内，他放入夜莺的尸体，然后封上盒子。从此以后，无论走到哪儿，他都随身带着。

这个故事之后就流传开来，迅速传遍了整个王国。布列塔尼人将其制成了一首莱歌，用他们的母语来说，即是劳斯狄克之歌。

隆法尔爵士之歌

我来告诉你另一首莱歌吧。它是关于一位富有而强大的爵爷的。布列塔尼人都称之为隆法尔爵士之歌。

亚瑟王——那位既勇敢又遵守宫廷礼仪的君主——搬到了威尔士，驻在卡莱斯利，主要是因为不堪皮克特人和苏格兰人之扰。那些来自北面的蛮族意图进入罗洛士地区，好烧杀虐劫，肆意妄为。圣灵降临节的时候，国王召集了一场盛大的宴会，将无数贵重礼物赠予跟随他的爵士以及圆桌骑士们。如此盛大的宴会和慷慨的赐赏，是以前从来没有过的。亚瑟王给他几乎所有的随从们都封侯封地，除了一位。这位不被国王青睐而被遗忘的领主，名叫隆法尔。他深受宫廷上下爱戴，因为他容颜丰伟，力大无比，同时心胸宽阔，出手大方。这些与隆法尔交情甚好的领主们，看到他受此不公待遇，当然心里并不愉快。隆法尔爵士是某位地位尊贵的国王后裔，只是这位国王的封地甚为遥远。虽然贵为宫廷爵士一员，但由于亚瑟王没有任何封赏，而他自己又过于骄傲，不愿去要求他应得的那份，他携带的财富已经全部花光了。想到此事，隆法尔爵士便心情沉重，知道此后会颇为困苦。各位先生们啊，也无须太为此惊讶。踏上朝圣之旅，又远在异乡的游子，无人指引正确的道路，难免会落得这样的下场。

有一天，隆法尔爵士出去策马散心。他出了城，身边既无仆人又无随从。他穿过一片青青草地，来到一条流淌着清澈河水的小河边。隆法尔爵士原本是打算蹚水过河而不走渡口引桥的，无奈他的马显得很害怕，在一边瑟瑟发抖。既然过不去，他便松开了马嚼，在河边的那美丽的绿草地上牧起马来。他自己则将外套脱下，叠成一个枕头，然后躺在地上。隆法尔躺得并不轻松，因为他思绪沉重，还由于他躺的地方不太舒服，翻来覆去，仍然不能入睡。现在骑士放眼向河边望去，看见两位少女正朝他走过来，其容貌之美，平生罕见。两位少女外裙上缀着密密的蕾丝花边，剪裁无比合体，上好的斗篷闪耀着美丽的紫色光泽。两位女子甜美而优雅，无论是衣饰还是容貌。年纪略长的那位手捧一个纯金的面盘，镶嵌工艺十分精巧，自是无比精美珍贵。年纪较轻的那位则手持一条柔软洁白的亚麻浴巾。两位女子不偏不倚，径直向骑士待的地方走过来。当隆法尔察觉她们是来找自己时，他站起身来，举止像任何骑士一样审慎得体。两位女子向骑士致意，其中一位则将她奉命传的话说了出来："隆法尔爵士，我们的夫人，优雅又美丽，希望你能跟随我们——她的信使而去，因为她有些话要对你说。我们将迅速把你带到她的亭幔那儿，我们的女主人离这儿不远。只要你抬抬眼就能看到她的休憩之处。"

　　骑士对侍女的传话欣然遵从。他没再管他的马儿，由它自由在草地上吃草。现在他唯一所想只是跟着少女，到那色泽美丽、帷幕重重的亭幔去。无论是权力巅峰时期的亚述女王赛米拉米斯①还是统治西方的奥古斯都大帝，也没有如此富丽的行亭了。凉亭顶端铸有一只纯金的老鹰，精美珍贵，价值连城。流苏与丝络重重垂下，全是真丝织就；凉亭上方的旌杆也是纯金精制而成。天下任何国王都不曾见过这样华丽的行亭，而他们就算倾其财富，也造不出来这般华美的建筑。行亭中央，隆法尔见到了女主人。她比祭坛上最美的百合还要洁白，脸上的红晕比盛夏新鲜开放的玫瑰还要甜蜜。她躺的床上，罩单和帷幕全都价值连城，她的衣袍由毫无瑕疵的亚麻编织而成，将她本人衬得清新又纤细；她披着的斗篷则是由貂毛制成，边缘染成亚历山大式的高贵紫红色。由于天气太热，她的衣袍稍稍解开了一点，露出的脖子和胸部上缘圆润的轮廓，比五月的山楂果实还要洁白无瑕。骑士来到床前，目不转睛地凝视这如此美妙的人儿。少女令他再走近一点儿，他于是坐在她躺椅的底座。而少女开口了。

　　"隆法尔"，她说，"亲爱的朋友，我远渡重洋，为你而来，带来了我的爱。你若谨慎小心——程度与你的丰伟仪容相符——那么天下没有哪位王侯能比你更富有、比你更快乐。"

　　当隆法尔听到这些话的时候，他欢欣鼓舞，心底的火焰被少女的话点燃起来。

---

① 带有传奇色彩的亚述女王，以美貌、智慧以及享乐著称。传言是她建造了有着空中花园的巴比伦。她曾远征埃及，甚至打到了印度。——译者注

"亲爱的女士，"他答道，"你如此大方，施恩垂怜于我这样一位卑微不受待见的骑士，凡是你命令我去做的事情——不管是对是错、是好是坏——我都会不辞辛劳，竭尽全力为你做到。我将遵从你的命令，也将以你的名义而战斗。我要效忠于你，背弃我父辈及祖辈的家产。我只希望，我能永远在你身边，你也永远不要将我送走。"

这席话正是女子一直想听到的话，因此她十分感动，马上将自己的身心献给隆法尔。除了这些慷慨赠予，女子还加了另一样馈赠：隆法尔以后可以要什么就有什么。他可以任意大肆挥霍，他的钱包永远都会有花不完的财富。朝圣者这下欢欣鼓舞，兴高采烈。因为他现在已然有人指引，走上正路，身怀异能，以至于他花出去越多小钱，反而能收获越多金山银山。

但是少女还有话要说。

"亲爱的人啊，"她说，"请听我这个忠告。我恳求你，也命令你，不要将我们之间秘密的爱情告诉其他人。如果你暴露了这段感情，你将会永远失去我。你将再也见不到我的脸庞，你将再也不能搂着我的身体，不管这个身体现在在你眼里是多么柔顺。"

隆法尔宣誓他将永远忠于这一承诺，会一丝不苟地执行这项命令。于是女子又温柔地给了他拥抱和亲吻。行亭里度过的时光是如此甜蜜，直至夜幕降临。

即使到了傍晚，隆法尔仍依依不舍，不肯离开，而只要他的女主人愿意，他是会很高兴地留下来的。

"亲爱的人啊，"她说，"起来吧，你不能再停留了。

我们必须分别的时刻已经到来。但是在你离开之前我必须交代一件事。你若想见到我，我可以随时如你所愿，到你身边去。可是只有在那些没有人世间的流言蜚语、侮辱毁谤的时刻和地方，你才能召唤我。你想什么时候见到我都可以，我将只对你说温柔的情誓。可是绝对不要让你的同伴们知道我或者听到我的话。"

隆法尔听到这个要求，无比高兴。他以吻誓约，然后站起了身。先前带他来的两位女子走了进来，带来了配得上任何高贵骑士的富丽华贵的骑士服。隆法尔穿上这套衣服以后，天下真是没有哪位骑士能比得上他这般仪表堂堂。隆法尔又用少女端来的清水洗了手，擦干以后，就去用餐了。他的爱人就坐在他的旁边，依着礼仪温柔伺候，而他也欣然接受。侍女们殷勤地端来食物，隆法尔和女主人非常愉悦、心满意足地享用着一切。食物固然美味无比，而比任何一切美味珍馐都更甜美的、骑士享有的远甚其他的乐趣，便是女子的亲吻。

晚饭结束，隆法尔从餐桌旁站起身来，他的马正在行亭外等着。爱驹新换了一副精良的马鞍和嚼头，也正怡然欢快又骄傲自得地轻踏地面。隆法尔就此吻别，踏上了回去的路。他策马缓缓向城堡走去，不时照看他的骏马，也不时回望。他还沉浸在这桩奇事带来的惊喜和回味中。他心里暗暗觉得，这一切只是个梦，既惊异又茫然不知所措。那行亭和那女子，恐怕都非此世所有，应是仙人下凡吧。

隆法尔回到他的住所，仆人们向他致意。他破旧的服装已经焕然一新了。从此他行事慷慨，出手阔绰，衣着富丽，不过他从来也搞不清楚，他的钱包是怎样被填满的。他把城里所有需要住宿的领主们都请进自己的府邸，供吃供住，娱人娱己。隆法尔为人慷慨，经常接济穷人。他麾下的乐师都穿着贵重的猩红色服饰。隆法尔进退得体，赏罚公平，人无远近，在需要时候皆予以照应。日日夜夜，隆法尔毫无金钱之虞，轻松自在。而且他的情人也总是招之即来，一切无不称他的心意。

这时，今年的圣约翰庆典到了。一群骑士齐集在王后居住的城堡旁的花园里。这群骑士当中有高文爵士以及他的表亲，英俊的伊万爵士。这位功德显赫、受人爱戴的高文爵士提议道："先生们，我们在此如此欢乐放纵，却没有邀请隆法尔爵士加入，是不太合适的。他这样一位举止文雅、出身又比我们都高贵的骑士，我们应给予礼遇才是。"

有些骑士就返回了城里，在隆法尔的住所找到了他，邀请他一同前往那片鲜美草地去尽享欢乐时光。王后连同三位同伴侍女，一起从她居住的城堡窗口往下俯瞰，一眼就看到了尽情享乐的骑士以及她们早已认识的隆法尔。王后便选了身边的三十位美丽侍女——个个都面容甜美，举止优雅——命令她们陪伴着她一起走下城堡，欢快地在花园漫步。当骑士们看到这群光鲜亮丽的女士们走下城堡石阶时，自是惊喜不能自持。他们快步向前，挽起女士们的手，在她们的耳边说起最动听欣悦的甜言蜜语。然而，隆法尔却没有像他的同伴们那样欢愉雀跃、急不可耐。他形单影只，远离人群，心情愁闷，深感煎熬，因他不能与他的那位爱人欢度这段时光。在他眼里，王后的侍女们与他自己那如此可爱的情人相比，只是粗蠢的下手女佣。王后示意隆法尔退到一旁，她自己也跟随着他，坐在草地上。她召唤骑士到面前，接着对他敞开了胸怀："隆法尔，我一直将你视为品行高尚的骑士，也一直由衷地赞赏你、尊敬你。如果你愿意，你可以得到王后我的完全垂爱。而你该高兴才是，谁若得到我的垂怜，应可以心满意足，不作他想了。"

"夫人啊，"隆法尔答道，"请允许我拒绝吧，因这份好意我认领不了。我是国王的骑士，绝不能违背我的忠誓。即使是天下第一高贵的夫人垂爱于我，我也不能以这种方式卑鄙地背叛我的君主。"

王后听到这话，勃然大怒，言辞变得无比尖酸。

"隆法尔，"她说，"我深知你一直看轻女子及她们的爱。你一定是有龙阳之癖。你这个叛徒，表里不一的畸人。那些劝谏我的夫君让你伺候他左右的幕僚们，他们的谏言真是大错特错。因为你的错，连我的君主也会遭天谴噩运的。"

隆法尔听到这些指控，心中十分难受。他赶忙捡起王后扔下的手套，急不择言地说出了他日后将要为之后悔不已、为之哭泣的话。

"夫人，"他说，"我并非如您指责的那样。我也并不看轻女子，因为我正与其中一位热恋，而她赋予我的，远超天下所有其他的女子。夫人啊，您要知道，我侍奉的这位女子，富可敌国，以至于她身边最下等的侍女，无论是待人接物之适宜得体，还是容颜体态之美丽悦目、品行之高尚，也要高过于王后殿下您。"

王后马上起身离开，逃回她的房间，哭泣不已。她是如此伤心气愤，因为隆法尔说的话而觉得被贬低、被轻视。她一动不动地在床上躺着，宣称她绝不起来，除非国王前来为她主持公道，匡枉扶正。国王那天正好外出去林猎了。日暮时分，他兴冲冲地带着猎物回来，径直走向王后的房间。王后一见国王，立即从床上起来，跪倒在他面前，请求宽恕原谅。她说，隆法尔向她求爱不成，羞辱了她。当她拒绝他的时候，他恶狠狠地侮辱了她，夸耀说他其实另有所爱，他所爱之人如此骄傲高贵，以至于人家最下等的婢女也比王后更要更富丽更优雅。国王听到这些话，立即怒不可遏，发下毒誓：如果隆法尔在公开场合不能为自己开罪的话，国王势必要么将他烧死，要么将他吊死。

亚瑟王从王后房间出来后，叫来了他的三名侍臣，派他们立即出发，找到这位如此恶毒地对待王后的骑士。隆法尔呢？这时已经回到了他的住所，心情悲伤而沉重。他清楚地知道，现在他已经把他们的恋情公布于众，他势必要失去他的爱人了。隆法尔于房间独处，又难过又焦虑。他多次去召唤他的爱人，但少女就是不响应。他为他的行为哀泣，也曾因为悲恸而晕过去；他千百次哀求他的爱人，给他一个说话的机会。但她仍然不愿和他说话，隆法尔因为自己的失言而狠狠诅咒自己的心急口快。有好几次，他都决定举刀自戕。可是最后他只能一筹莫展地绞着手，哀求他的爱人原谅自己的过失，再与他重修旧好。

可另一方面，不得安宁的隆法尔同时还被气势汹汹的国王问责。这会儿就有三位爵爷，奉国王的旨意来到隆法尔的住所，命令骑士跟着他们到亚瑟王面前，为自己冒犯王后的罪行辩护。隆法尔跟着去了，结果却更为悲惨。要是有好心人发发慈悲，在路上将他刺死那就好了。他来到国王面前，垂头丧气，一语不发，还在因为爱人而悲恸得一句话也说不出来，一举一动都流露着悲伤。

亚瑟王恶狠狠地看着他的阶下囚。

"我的封臣，"他冷冷地说，"你已经大大冒犯了我。用如此丑恶的方式来羞辱我，来侮辱王后的尊严，真是大逆不道。究竟是愚蠢还是轻浮，使得你这样夸耀，说她的佣人，即使是最下等的一位，也要比王后更美丽、更富有？"

隆法尔抗议说，他从来不曾有侮辱主上的想法。他原原本本如实告知，在花园里他是如何拒绝王后的。但他所说的关于那位女士的一切，都是真的，但却也愚蠢无比。现在，由于他的过失，他已经失去那位他已然拜倒在其石榴裙下的爱人。而他对自己是生是死也无所谓了，愿遵从王宫法庭的判决。

国王听到隆法尔的这些话，愤怒无比。他召来他的宫廷爵爷，听取他们明智的建议，以便确保公正。爵爷们遵从国王命令，不管事态好歹，总以协商为上。他们齐聚一堂，判决隆法尔必须择日出席由他们组成的庭审。而隆法尔也必须向国王提供担保，确认他会在选好的日期出庭。如果他没有担保，就会一直被关押到审判日。当爵爷们将他们的意见告知给国王，亚瑟王马上命令隆法尔必须如他们要求的那样，当面提供担保。隆法尔听到这一判决，立刻垂头丧气，因他在王国内实在无亲无故。如果不是高文爵士第一个赶到，自告奋勇，并说明他本

人以及隆法尔的所有同伴都要当他的担保人的话，他一定已然
被关押进监狱了。他们以自己麾下的领土封地作为担保物，呈
给了国王。国王有了保证人的担保之后，才放了隆法尔。他连
同同伴一起，回到了居住府邸。他的同伴责备隆法尔陷入如此
愚蠢的感情，强烈要求他不要再在人前如此直白地显露出自己
的哀伤。隆法尔受到如此激烈的责备，以至于几乎忘了自己的
哀伤。每一天，他的同伴都前来他的房间，照顾他的饮食起
居，因为他们生怕他会由此变疯。

主持庭审的宫廷爵爷们于庭审那天如期而至。国王高高坐
于王位之上，王后在侧。担保人将隆法尔领进大厅，交由他的
同僚骑士们审判。他们都因隆法尔的窘境而深深难过。一大群
同伴都竭尽所能，为隆法尔洗脱罪名。陈述都结束之后，国王
要求法庭根据指控和控辩做出裁决。爵爷们也觉得这一案件棘
手不已，他们中有的人非常同情隆法尔，孤身在异国他乡而遭
此灾祸；也有的人觉得隆法尔罪有应得，因为这是他们的领主
的恶意所愿。正当大家争论不休时，位列审判席的康沃尔公爵
站起来，说道："老爷们，国王坚持认为隆法尔是叛徒，恨不
得将他屠戮而后快，因为他竟敢吹嘘他情人的美貌，结果招来
了王后的嫉妒。而谨以我对审判席的多数骑士意见的总结，除
了国王以外，并无一人觉得隆法尔有过失。我们的职责是必须
找出事情真相，给予国王以及骑士两方以公正；我们也必须表
现出对我们君主的尊重。那么，现在，如果国王同意的话，我
们请隆法尔宣誓，让他找到这位女士，因为她正是隆法尔与王
后的纷争之源。如果女士的美貌果真如隆法尔所言，那么王后

也没有愤怒的理由了。她必须原谅隆法尔的莽撞，因为他所言的是事实，而不存在恶意诋毁的情况。如果隆法尔食言，不能带回这位女士，或发现她并不如他所说的那样艳冠群芳，那么我们骑士团体就将他驱逐出去，让他不能再为国王服务。"

庭审爵爷们纷纷觉得这个意见颇为公正。他们派当中认识隆法尔的人，过去告知他这一判决，并命令他将他的情人带到宫廷上来，这样他才能开罪。骑士回答说，他绝对做不到这点。于是担保人来到庭审团面前，如实报告说，隆法尔既不祈求开罪，又不指望她的救助。而亚瑟王，正应王后的请求，催他们快快将事情做个了断。

正当庭审团要判隆法尔的罪时，他们看到远方有两位少女，朝着宫殿策马前来。白色的清瘦骏马轻轻踏着蹄子，两位少女甜美又优雅，穿着华贵的猩红色森德尔绸缎，剪裁合身，更显出她们的优美体态。所有的男人，无论少壮老弱，都目不转睛地盯着她们，因为她们实在是太美了。高文爵士以及其他三位同伴骑士，径直走向隆法尔，指给他看这两位少女，让他说出其中哪位是他的爱人。但他一言不发。少女们下了马驹，径直来到国王落座的台前，以与她们的外貌程度相配的动人语调对国王说："国王，请备好房间，挂好丝绸帷帐，这样才配得上我们的女主人，因她很快就要来此一访。"

国王兴致勃勃地答应了。他召来两名宫廷骑士，命他们满足少女的要求，备好房间以便称得上将要来访的高贵客人。少女很快就离开了，国王要求庭审团将宣判继续进行，他表示自己已经因为进展缓慢而有些失去耐心了。

"国王啊，"爵爷们回答说，"我们从审判席上起身，是因为刚才两位少女走进了大厅。我们将马上继续宣判，一刻也不延误。"

爵爷们又聚在了一起，在这件案子上绞尽脑汁，思虑重重。他们之间仍喋喋不停、争论不休，不知如何是好。就在这一片喧哗混乱中，又有另外两位少女来到，她们骑的是两匹西班牙骡子，朝着宫殿方向而来。两位少女穿着更是富丽堂皇，不仅裙子本身都是上好针线精心缝制而成，而且她们的外裙上还罩着层清新洁白的披罩，上面绣着金线。隆法尔的同伴们看到这样两位佳人，都欣喜不已。他们纷纷传言，这两位一定是来帮助好骑士的。高文爵爷以及同伴，再次快步走向隆法尔，说道："骑士啊，不要灰心丧气了。现如今两位佳人在此，衣饰优美，举止可人。以上帝之慈爱的名义，现在请如实告诉我们，你的情人正是其中一位吗？"

隆法尔非常简短地答道，他从未见过这两位少女，也从不曾认识或爱慕过她们中的任何一位。

少女下了骡子，在众目睽睽之下走到了亚瑟王跟前。她们的美貌获得了众口称赞，脸庞如玉，头发光洁。更有甚者，已然认为王后在这场比美中已经处于下风了。

稍为年长的女子举止谦逊得体，非常优雅地告知各位她所受命要传达的消息。

"国王，请准备好房间，我们要陪同我们的女主人在此停留，因她即刻就将前来，有话同你说。"

国王令人将两位女子带到侍候她们的人那里，给予与她们地位相称的尊贵礼遇。然后，他继续要求爵士们考量他们的判决，因为他已经越来越恼羞成怒了。法庭已经在这桩案件上耽搁太多时间，而王后也越发怒气冲冲，因为众所周知她是这一切纷争之源。

正当法官要宣判隆法尔的罪行的时候，一片喧哗声中，全天底下最尊贵、最美丽的那位女士正向亚瑟王的宫殿策马前来。她骑着一匹雪一样纯白的秀美马驹。马驹温柔地载着她，仿佛心甘情愿，为身上所负而快乐。天底下再也没有比这更上品、更驯服的马了。马驹上的辔头也是如此之华丽，天底下没有哪个国王能负担得起这样珍贵的装饰，除非卖掉或典质掉他的全部封地。这位女士的容貌，请允许我细细道来。她体态苗条，身形优美，细腰纤纤。她的脖子比落在树枝上的雪还要洁白，她的眼睛衬着白皙面容，炯炯如花。她的嘴唇让人着迷，鼻子纤细挺拔，眉容开阔俊朗，秀眉呈棕色，金色头发整齐地分成两道迷人的波浪垂下。她身着的亚麻质地的衣服一尘不染，雪白的裙幅之上是高贵无比的紫色斗篷，合体地裹着她的胸脯。她一手支着一只带着头套的猎鹰，身后跟着一匹灰色猎犬。当女子策马徐行经过城市街道时，城中的男人，无论年龄大小，一概从他们的房子里跑出来，好一睹如此芳容，以慰心田。每一位亲眼见过她的男人，都惊叹于她的美貌，视若天人，从此再也看不上任何凡间女子了。隆法尔的同伴急忙赶到他身边，告诉他，她已经来救他了，或许奉着上帝的旨意。

"隆法尔爵士，这真是你的爱人吗？这位女士真是增一分则太长，减一分则太短，着粉则太白，施朱则太赤。天下所有女子的美貌，无出其右。"

隆法尔听到这些，深深叹息，因为这听上去正是他心爱的情人。他扬起头，气血上涌，滔滔不绝。

"以我的信仰起誓，"他大声说，"是的，她正是我的爱人。现在他们是要杀我或是要放我，我已经全然不在乎了，因为只要让我再见到她的脸庞，我所受的伤害就已然痊愈了。"

女子进入宫殿——这座宫殿还从未接待过比她更美的女子——走到国王跟前，也面对着他的宫廷爵士们。她解开系斗篷的结，这样人们就能将她的美貌容颜看得更清楚了。礼貌殷勤的国王主动向前同她致意，宫殿里所有人都向她下跪，无比殷勤地为她服务。当所有人都将她的美貌看个清楚并交口称赞的时候，她开口说话了，简明扼要，因为她并不想多停留在此："国王，我爱着你麾下一名封臣——现在正身陷凌辱的隆法尔爵士。在你的宫殿，他总是不受待见，动辄受过。他在王后面前因为鲁莽而口不择言。可其中过节，你知道得最清楚。但不管他是如何吹嘘，他从未向王后要求她的爱。他为我而受此磨难，这非我所愿。为了隆法尔重获自由，我现在遵循你的召唤。请让你的爵爷好好打量我，好公正判断这场王后与我之间的纷争。"

国王下旨令，按照她说的执行。众人看着女子的眼睛，所有人都一致同意，她的美貌荣光，远胜王后。

既然已判明隆法尔并非存心口出恶言冒犯王后，宫廷爵爷将他的佩剑还给了他。审判现已结束，女子也跟国王告辞，并准备离开。亚瑟王本很愿意招待她留宿，各位爵爷也非常高兴地愿为她效劳，但她决意一刻也不耽搁。城墙外立着一块巨石，是爵士们离开宫殿登上马鞍时所用。隆法尔站在巨石边。女子从宫殿出来，登上巨石，落座在骏马上，坐在隆法尔身后。两人从此绝尘而去，再无音信。

　　布列塔尼人认为，骑士被他的爱人带到了一座遥远而美丽的岛屿，称作阿瓦隆。其后，再也没有人听到过隆法尔及其爱人的故事，而对于这桩故事，我所讲的也就到此为止了。

两位爱侣之歌

很久以前，在诺曼底有两位爱侣，他们相爱至深，因爱而死。他们的故事甚至流传到了海外，而布列塔尼人用他们的母语为他们制作了一首莱歌，并命名为"两位爱侣之歌"。

在纽斯特里亚——人们通常称作诺曼底——有一座极为高大雄峻的山峰，正是两位年轻人的葬身之处。在接近峰顶的地方，国王命人建造了一座美丽雄奇的城市。国王是皮斯特里斯人的领主，因此这座城市也就命名为皮斯特里斯。城市里至今仍耸立着的钟塔楼宇，无不历历在目，见证着这一传奇史实；而整座城邦也被称作皮斯特里斯山谷，远近闻名。

城邦的国王有一位美丽的女儿，面目甜美，举止优雅；因为国王早年丧妻，十分得国王的宠爱。少女转眼已到婚嫁年龄，出落得楚楚动人，而国王却丝毫没有将她许配给人的意愿，为此，他也多为人诟病——甚至包括他自己的臣民。国王听闻这些指责，心情自是非常沉重忧虑，也日日于心中思忖，如何化解这份烦恼。为了防止心爱的女儿被外人夺去，国王发布了这样一道旨令：谁能双手抱着公主，一步也不休息停留，一口气登上那雄奇险峻的山顶，谁就能娶公主为妻。国王令人将这道旨意发布文书，昭告天下，弗论远近，无人不知。消息一传出，王国上下有无数人前来一试身手。可不管多么努力，他们无一例外，总是心有余而力不足。不管他们身体是多么强壮，他们总是会跌倒在地，将肩上的公主也一并摔落。因此，很长一段时间，没有人足够英武，能赢下迎娶公主的这一挑战。

在这个王国，居住着一位年轻骑士，他是某片封邑的伯爵之子，相貌堂堂，气宇轩昂，也急不可耐地想试试那众人无不跃跃欲试的挑战。他是宫廷贵宾，国王也非常乐意和他交谈。这位骑士早已倾心于公主，无数次在公主面前诉说衷肠，同时也恳求公主对他的衷心施以回报。看到他是如此文武双全——这同样的品质让骑士本人在国王面前亦深受青睐——公主也倾心于他，两位年轻人坠入爱河。但这桩情事他们瞒过了宫廷内外。这当然在他们心中倍添忧虑，然而年轻骑士已然决意，宁愿忍受秘密恋情的苦楚，也比爱侣分离的痛苦好上百倍。可到了后来，这位原本谨慎的骑士终于无法忍受爱意煎熬，在情人面前诉说他的痛苦，恳求她同自己一起私奔，因为他再也受不了相思之苦。他说他知道如果向国王提出求婚一事，国王是断断不会答应这桩婚事的，除非他能手抱她，登上峰顶。少女则如此回答骑士："亲爱的情人啊，我知道你是无法抱我登上那高峰之巅的。然而如果我们私奔，我的父王将会无比震怒和悲伤，一蹶不振。而我如此敬爱他，这既非我能忍受，也绝非我本意，所以我们必须另寻出路。现在请听清楚了：我有一位亲戚在萨拉诺，那个富裕的国度。我的姑妈在那里学习药剂之术，已经有三十多年了。她知道每一种植物的秘密特质。你可快快到她那里去，带上我给你的信，告诉她你之后要经历的冒险，她一定会找到良药方子，帮助你。不要疑虑，她一定会配制某种灵丹妙药，强健你的体魄，同时也抚慰你的心灵。之后，再带着灵药回到这儿，要求我父王将我许配给你吧。他无非将你视作另一位血气方刚的小伙子，照常开出他已经公示的条件，即只有双手抱着我，中途不作任何停歇，一口气登上那座险峻山峰的人，才能迎娶我。"

当年轻骑士听到公主这番明智的建议之后，他欣喜万分，无比感激她指的出路，之后便告辞了。他回到自己的住所，整理了一大批最珍贵的上好丝绸衣服，给马上了鞍，就准备出发上路了。他带了不多的随从，个个骑着良驹，脚程轻快。他内心欣喜，就这样抵达了萨拉诺。骑士一刻也没有在他的客栈耽搁，一有空就立刻赶往公主的姑妈那里，一表来意。他还给姑妈带来了从情人那里得到的信，告知她他们俩悲惨的境地。这位女士仔仔细细地看了他带来的信，便命令他当晚在她那里暂留，以便她完成药剂，遂他心愿。如此，凭借她高超的巫术以及对她侄女的怜爱，她终于制成了一款药剂。只要喝下这药剂，不管多么劳累虚弱的人，都会立刻恢复精力，神清气爽。并且只要喝一点，药剂就会立刻见效。她将药剂倒入一个小瓶，给了骑士。他收到这份赠予，自然是无比欢欣雀跃，马上飞快地回到了他自己的王国。

骑士回来以后，在自己的住所也没有多待，立即前往宫廷，见到国王，要求把美丽的公主许配给他。同时他允诺，为了达到这一目的，他将双手抱着她，登上山顶。国王不仅没有发怒，反而对他微笑，笑他的愚蠢，因为他这样一位年轻纤瘦的年轻人，面对这样一项其他许多比他强壮得多的大力士都纷纷失败的任务，又怎么会成功呢？国王就指定了一个日子，来进行这项比赛。他还派人送信给他所有的骑士及朋友，邀请他们都来观看这场考验。他命人吹起号角，广而告之，要求全体人员都来见证这年轻人是否能怀抱美丽的公主登上高山之巅。王国的每一个角落、每一个人都听说了这桩事情。而公主那边呢？美丽的少女也尽她所能，想成就他们之间的爱情。她每天都斋戒，避开肉食，这样当她的情人抱着她的时候，自己的重量就可以尽量减轻了。

现在，定好的日子到了。年轻人早早来到指定好的地点，随身带着那个小瓶子。当绝大多数观众都入场之后，国王就把公主领到他们前面。所有人都看到了，公主只身着一层薄薄罩衫。骑士便将少女搂在怀里，但一开始他就将那装着珍贵灵药的小瓶子交给她保管，因为出于骄傲，他是不愿意一开始就喝的，除非是到了万不得已的危急关头。骑士便大步向前走了，直到登上半山腰之前，他还一直精神勃勃。而手抱的这甜蜜负担也让他无暇注意应该服药了。可是公主知道，气力正从他心中慢慢消失。

"亲爱的人啊，"公主说，"我很清楚地知道，你累了。我请求你，现在就喝下小瓶子里的药吧，这样你的力气在紧急关头就会恢复。"

可是骑士回答道："我的爱人啊，我的心里充满了勇气，只要能坚持得住，我是不会停留的。是周围这些看客的吵闹——这些喧哗与噪音——才让我步伐不稳。他们的骚动让我不安，我是不敢停下来的。"

可是路程过了三分之二后，骑士的步伐是如此不稳，现在似乎就连一只昆虫都能绊倒他。于是少女多次急切地跟他说："我的爱人啊，现在请喝下你的灵药吧。"

可是骑士仍不愿听从这一劝告，也不相信她的言语。此时他的胸口剧痛难忍。他终于登上了山顶，将这趟征程进行到底，这也让他精疲力竭，痛苦无比。他再也不能忍受了。他蹒跚了几步，倒在地上，再也不能起来了，因为他的心脏已经炸裂了。

少女看到她爱人那让人心痛的悲惨情形，还以为他只是由于痛苦暂时昏过去了。她马上跪倒在他身边，将那有着魔力的灵药喂到他的嘴唇里。可是他没有喝下去，也没有说话，因为，正如我前面所说的，他已经死了。她大声悲叹，痛哭流涕，叹息他的不公命运，把那装着灵药可现在没有用处的瓶子扔到一边。那珍贵的灵药立刻灌溉了那片土地，将蛮荒之地变成了一片花园。自那天以后，那片土地上的老百姓在这儿发现了许多能救人的药草，而这些药草的救人功效都源自这瓶子里的灵药。

可是当少女发现她的爱人已经死去时，她变得无比哀恸，没人有过这种悲伤。她吻着他的眼睛和嘴唇，扑倒在他的躯体上，双手抱着他，将他紧紧地贴着自己的胸膛。任何人目睹她的悲恸都要为之动容。这样一位如此美丽高贵、超出任何凡人女子的公主，也逝去了。

国王及他的随从，见这两位爱人再也没有回来，便登上了山峰一探究竟。当国王发现他们已了无生气，又紧紧拥抱在一起的时候，他也不能自持，跌倒在地，悲痛到毫无知觉。当他能够说话以后，他悲伤异常，哀叹他们不幸的经历，其他在场的人也纷纷跟着他一起叹息。

整整三天，两位爱侣的遗体没有下葬，他们的脸庞袒露，供人瞻仰。到了第三天，遗体被放入大理石制成的棺材。所有人都同意，应将他们轻柔地安置在死去的地方，即那座高山上。做完了这一切，众人便离去，只留下这对黄泉之下的爱侣，永远在一起。

自从有了这两位年轻人的故事，这座山就被称作两位爱侣之山，而他们的故事也流传海外。布列塔尼人将其制成了莱歌，也就是上述我所讲的这个故事。

狼人之歌

在所有我要跟你们讲的故事中，"狼人之歌"是如此难忘。这种生灵在每个国度都人尽皆知。在布列塔尼它被叫作比斯卡拉瓦瑞特，而在诺曼地区它则被称作盖尔瓦尔。①

狼人的存在，确有其事，并众所周知，在正直的基督徒身上也会出现这种变化，他们遁入荒野，化身为狼。狼人确实是一种凶狠的野兽。他们隐身于茂密的森林之中，凶狠疯狂，令人胆寒，为非作歹，恶事干尽。他们在荒郊野岭四处游弋，见到行人便会吞噬他们。可是，现在请听听我要讲的狼人故事吧。

在布列塔尼住着一位爵爷，无比受人敬仰与爱戴。他是一

---

① 狼人传说在欧洲古已有之，玛丽的这首莱歌显然是这一丰富传统中的一小部分。有研究者认为"bisclavret"一名是来自布列塔尼语"bleis lauaret"，意思是"说话的狼"；还有的学者认为这一词源来自"bisc clavret"，意为"穿着裤子的狼"。不管怎么说，这个故事里，衣服的有无是野兽区别于人的关键：从人类学的观点来看，衣服作为社会符号确实是人之为人的根本特征之一。——译者注

名强壮的骑士，仪表堂堂，家世显赫，声名在外。他的领主垂青于他，他的同僚也喜爱并尊重他。这位爵爷娶有一位出身同样非常高贵的夫人，容貌美丽，谈吐文雅。他一心一意地爱着她，她也始终专一地爱着他。这位夫人只有一项烦恼，即她丈夫每周总要从她身边失踪三个整天。她既不知道他去了哪儿，也不知道他去干了什么。爵爷的府邸上下也无人知道爵爷为什么会失踪。

一天，爵爷和往常一样，回到了府邸，兴高采烈又心满意足。夫人将他拉到一边，彬彬有礼地这样问道："夫君啊，我亲爱的人，我有一件事想急切寻求你的解答。对于此事我非常想知道，可又怕问你的同时触怒你。算了，为了避免你生气，我最好还是不要问的好。"

当爵爷听到这番话时，他温柔地把夫人抱在怀里，亲吻着她。

"夫人啊，"他说，"尽管问吧。我整个人都属于你，我对你有什么好隐瞒的呢？"

"啊，用我的信念起誓，"夫人说，"我真是非知道答案不可。夫君啊，你不在家中的时光真是长日漫漫又百无聊赖。我都不知道为何每天早上醒来后都心生担忧，总是害怕会发生什么事于你有害，哎，那样我可就痛不欲生了。现在请告诉我，你到底去了哪儿？做什么事情？我是如此爱你，就是让我知道了，又于你有什么害处呢？"

"夫人，"爵爷答道，"如果我告诉你这个秘密，厄运恐怕就要降临。因为上帝不允许我这样做。如果你知道了，你就不会再爱我了，那样我才真是悲惨。"

夫人听到这番话，确信丈夫不是在开玩笑。因而她便用娇俏的神情与话语，一再恳求她的丈夫，直到最后他终于忍不住了，把事情的前因后果告诉了她，毫无隐瞒。

"夫人啊，我变成比斯卡拉瓦瑞特了。我在森林里生活，扑食猎物，有时在最茂密的灌木丛中，也以根茎果腹。"

得知他的秘密之后，她先祈祷了一番，而后再进一步询问：变成狼人的时候他是披着衣服呢还是衣不蔽体？

"夫人，"他说，"我是像野兽那样，衣不蔽体。"

"那么，上天见怜，请告诉我，你的衣服这时在哪儿呢？"

"亲爱的夫人啊，我不能告诉你。如果在变为狼人的时候丢失了我的衣服，或者即使是在褪下衣服的时候被发现，那么我余生都会是狼的样子，永远变不回人形了，除非在那个时刻我的衣服能还回来。因此，我是不能告诉你我的巢穴在哪儿的。"

"夫君啊，"夫人回答道，"这世上最爱你的人莫过于我。你若继续怀疑我的信念，或对我隐瞒任何事，我们之间的感情与婚姻又意义何在呢？我对你的爱难道是假的吗？我又做过什么错事，令你如此不信任我？现在请敞开心扉，将应该让我知道的事情原原本本告诉我吧。"

这样到头来，爵爷终于经不住夫人的胡搅蛮缠，再也无法隐瞒了，只好全盘告诉了她。

"夫人啊，"他说，"在这片树林中，离大路稍有段距离，有一条偏僻小径，小径尽头有一座古老的小教堂，我常在那徘徊流连，哀叹我的命运。附近有一块内里是空心的大石头，就在一丛灌木后面。我就把我的衣服藏在那石头里的秘密之处，归家的时候才会换好。"

听到这些，夫人由于心中的恐惧之情益增而脸色变得苍白。入寝的时候她不敢躺在他的身边，而她的心意也发生了巨大的变化，尽想着如何能离他远远的。当地还居住着一位骑士，曾向这位夫人求爱很长一段时间了。这位骑士一直以来都为她效劳，但她甚少对他予以回报，更不消说和颜悦色或允诺了。夫人赶紧向这位骑士写了一封信，信中一吐她的心愿目的。

"亲爱的情人啊，"她说，"高兴起来吧，因为你长久以来一直所期望的回报，我这就毫无犹疑地给予你。对于你的追求我不再拒之千里了。我的心，我所有的，都属于你，所以请成为我的爱人，为我效劳吧。"

骑士非常欣喜，立即对夫人感激涕零，并宣誓效忠。当他终于向她发了誓之后，她将她的夫君的事都告诉了他——他去了哪儿，变成了什么，是如何在林中游猎的。她还告诉了他小教堂、空心大石，以及如何通过拿走衣服来害狼人。比斯卡拉瓦瑞特就这样被这女人甜蜜的亲吻给出卖了。他经常到荒郊野岭处捕猎，可这次他却再也没有回来。他失踪的消息遍传王国上下，亲朋好友都前来问询。许多人都多次前去树林寻找他，可是没有人发现他，没有人知道比斯卡拉瓦瑞特去了哪里。

夫人嫁给了那位不辞辛劳、一直追求她的骑士。就这样，距离比斯卡拉瓦瑞特失踪已经一年多了。这天国王碰巧在狼人出没的那片树林里打猎。一群猎狗被放了出来，它们四处奔驰，很快就嗅到了比斯卡拉瓦瑞特的气味。猎人看到了他，立即吹响号角，整群猎狗紧随其后。他们追逐着比斯卡拉瓦瑞特，从清晨至晚上，直到他伤痕累累、流血不止，极度害怕自己马上就要被猎狗放倒。现在国王也接近了即将到手的猎物。当比斯卡拉瓦瑞特见到他所侍奉的君王之后，他立刻向国王跑去，祈求同情与宽恕。他爪子里握着马镫，温驯地跪在国王的脚旁。国王见此情形，自然是万分害怕，马上叫来他的朝臣助他一臂之力。

"各位爵爷们，"他大声喊道，"快来啊，来看这不可思议的生物。这儿有头野兽，拥有人的知觉。它在敌人面前放低姿态，似乎在祈求怜悯，尽管它一句话也不能说。让猎狗散开，不要让人伤害它。今天我们就不打猎，班师回朝吧，带着这头奇特的猎物。"

国王一个转身，骑马返回自己的宫殿去，比斯卡拉瓦瑞特紧随其后。狼人像狗一样，离主人很近，再也没有返回森林的意愿。国王安全返回自己的城堡后，他欣喜万分，因为那头野兽强壮威猛，天下无双。国王为这头奇兽而骄傲。他非常珍惜他，命令所有敬爱他的人不要惊动这只狼，也从不用棍棒呵斥他，并且要保证他最大程度的吃饱住暖。宫廷上下欣然从命。于是狼人整天不离国王左右，到了晚上他也躺在国王的寝室里。宫廷上下所有的人都与这只狼成了好朋友，因为他态度温和，平易近人。也从没有人伤害过他，因为他对主人是如此忠心，又从未伤害过任何人。国王每天都和狼在一起，所有的人都知道，国王对这只野兽感情甚深。

现在，请听清楚，接下来发生什么事了。

国王要举行一场宫廷节庆，他命令所有强壮的封臣爵爷，所有陪他狩猎的领主们都前来庆祝。这场节庆规模之盛大，场面之华美隆重，真是前所未见。在前来赴宴的人里，那位娶了比斯卡拉瓦瑞特的前妻的骑士也赫然在列。他装束隆重，带领了一群随从来到城堡，可是他却没注意到离他那么近的狼。他一出现在大厅，比斯卡拉瓦瑞特就发现了他的敌人。他朝那骑士跑去，当着国王及众人的面，用獠牙紧紧咬住他。毫无疑问，如果不是国王喝止叱责它，并威胁要用棍棒打他，他早就把敌人伤得体无完肤了。光天化日之下，狼攻击了这名骑士两次。所有人都为狼的凶狠感到惊诧，因为这只野兽平时是如此性情温和，亲切宜人，至此之前还没伤害过任何一个人。宫廷上下一致同意，狼这样的行为一定是有缘由的，或许是在骑士手上大大吃过亏。这名骑士之后就一直小心翼翼，提防着他的敌人，直到宴会结束，所有的爵爷都告辞回到各自的府邸。自然，那位被比斯卡拉瓦瑞特狠狠攻击过的骑士是最早一批离开的。不出意料，他是巴不得快些离开呢。

这场变故后不久，那位注重宫廷礼仪的国王，有意要在发现比斯卡拉瓦瑞特的森林里打猎。跟着国王的有狼以及一大帮属下。夜幕降临时分，国王在乡间的一幢小木屋里休息，而比斯卡拉瓦瑞特的前妻也知晓了这一情况。清晨时分，夫人换上了她最精美的衣装，快快向小木屋赶去，因为她迫不及待地想和国王说话，准备给他一份珍贵的礼物。当夫人走进小木屋的时候，狼怒不可遏，无论是人还是绳索都拦不住他。出于憎恶与凶狠，他变得像一条疯狗一样。挣脱项圈后，他马上向夫人脸上扑去，将她的鼻子生生从脸上咬了下来。而周围的随从赶紧一拥而上，救援夫人。他们将狼从受害者身边赶开，有几位还差点就用剑把狼大卸八块了。不过这时，有一位较为明智的幕僚对国王说："君王啊，现在请听我说吧。这只野兽一直跟随你，而我们所有人都与他认识如此长的时间了。他出入宫中，从未侵扰过任何人，更不曾伤害任何人，除了这位夫人，这真是我们所见到的唯一一次了。他伤害了这位夫人，那天也伤害了那位骑士，而那位骑士正是这位夫人的现任丈夫。君王啊，她曾是那位和你如此亲近、得你垂青的骑士的妻子，可他之后失踪了，无人知晓下落。所以，现在请把夫人安置在一个妥当的地方，并严加询问吧，这样她就能告诉我们——如果她知道的话——为何这只野兽要如此憎恶她。我们大家都知道，在布列塔尼这块神奇的土地上，稀罕事可不少呢。"

国王听了这些话，同意了幕僚的建议。他将那个骑士抓了起来，并下令将夫人关在另外一处。他下令对他们严加拷问，刑罚非常严重。终于，部分出于压力，部分也由于逐渐增长的恐惧，夫人的嘴松了，将故事说了出来。她说自己背叛了她的夫君，说他的衣冠是从空心巨石那儿被拿走的。而那以后，她就不知道他去了哪儿，不知道他发生了什么，因为他从未回到过自己的领地。只有在她心里，她才准确无误地知道，他正是比斯卡拉瓦瑞特。

国王马上就要求，不管夫人同意还是反对，呈上那爵爷的衣服。当衣服拿上来的时候，国王命人将其在比斯卡拉瓦瑞特面前展开，可是那只狼视而不见。然而那位足智多谋的参谋又将国王拉到一旁，给了他一个新建议。

"君王啊，"他说，"你这样在众目睽睽之下直接把衣服放在比斯卡拉瓦瑞特面前可既不明智又不得体。他由人变狼，再由狼变人，这过程必然磨难重重，万分羞辱。把你的狼带到你最秘密的小房间，再将衣服放进去吧。然后，请关上门，留他独自在那里待一会儿。这样，我们就马上能发现，凶残的野兽是否确实会变回人类原形。"

国王将狼带到他专用的房间里，把门锁紧了。他等了一小会儿，带了两名他比较信任的领主又回到了房间。一进房间，三人就发现骑士正安然躺在国王的床上，像个婴儿一样睡觉呢。国王赶紧跑到床边，欣喜地亲吻了他无数次。当骑士恢复说话的能力以后，他把故事告诉了国王。国王立刻把本属骑士、而后被他人攫取的封地赐还给了他，又赏赐给了他无数金银财物，数都数不清。至于那位背叛了比斯卡拉瓦瑞特的妻子，国王下令将她从领地赶走，并驱逐出整个王国。所以夫人和她的第二位丈夫就离开了，去寻找他们的容身之所，再也没人见过他们。

以上，你所听到的这则传奇故事绝非虚言，而是正如我所讲述的那样，千真万确，实有其事。"狼人之歌"后来则被记录下来，以免人们将其遗忘。

白蜡树之歌

现在，根据我所知道的，我要向你们讲述"白蜡树之歌"。

很久以前，在布列塔尼住着两位骑士，他们的领地彼此挨近，他们本人也是非常亲密的朋友。两位爵爷皆骁勇善战，出身高贵，家世富裕，不仅领地临近，两人还是非常亲密的至交好友。两位都已分别娶妻。其中一位夫人怀孕了，到了分娩的日子，她生下了两个男孩。她的丈夫非常喜悦。为了分享这喜悦，他派人送信给邻近那位骑士，告知说他的妻子生了两个男孩，并祈愿其中有一个受洗时能承用这位骑士的名字。消息送到的时候，那位爵爷正在用餐。仆人跪了下来，告诉爵爷这一消息。爵爷马上为降临在他朋友身上的这番快乐感谢上帝，并赠送了对方一匹骏马，寓意祥瑞。同时在他饭桌旁就座的妻子，也听到了这一消息，露出微笑。她既自负又肆意，抱着嫉妒之情还有一张喜欢搬弄是非的嘴。她没怎么注意管住自己的口舌，就当着满屋仆人的面，轻浮地说道："像我们邻近的爵爷这样一位名声在外的领主，居然会把这种有损名誉的事情公开让我的夫君知晓，这真是大出我的意料。妻子分娩时一次生下两个孩子，这怎么说都是一件丢脸的事。我们都知道女人一次分娩时是不能生下两个孩子的，除非她同时有两个丈夫的帮助。"①

她的丈夫沉默地盯了她一会儿，接着他开始非常严厉地责备他的妻子。

"夫人，"他说，"请安静。宁愿你不出声，也不要说出你刚才说的这种话。你应该也知道得很清楚，这位夫人的名誉是绝对清白无瑕的。"

屋子里的仆人听到了这番话，偷偷记在心里，然后又把他们女主人的这番议论传了出去。很快流言蜚语便传遍布列塔尼。而夫人也由于她的长舌备受指责，知道这件事的女人——无论穷富，都要指责她出言不逊。而那个报信的仆人，回来后也马上向主人报告了他的所见所闻。那位骑士立即变得心情沉重，不知如何是好了。他怀疑自己的妻子，而且她越是品行端正，一举一动毫无过错，他心中的疑虑就越大。

而那位如此恶毒诽谤人家的夫人，在同一年也怀孕了。这下她的邻居可算出了一口气了，因为当她分娩的时候，生出的是两个女儿。她的心情立刻变得忧愁无比，开始悲叹自己的悲惨命运。

"哎，"她说，"我该怎么办呢？这下我可名誉扫地了。事已至此，我可变成一位荡妇了。我的夫君以及下人们如果知

---

① 这里指通奸。双胞胎现象在中世纪民俗中常与通奸联系在一起。——译者注

道了，他们再也不会相信我的贞洁了。他们会记着我是怎样批判其他女子的，他们会记着我是怎样当着全屋上下的面说邻人爵爷的夫人如果没作下一妻二夫的孽，就不会是一胎二子的结果的。现在我可知道自己大错特错了，而这也是因果循环，自作自受轮到了我头上。哎，想着为别人挖坑，可怎料掉进去的竟是自己。如果要对邻居大声发表议论的话，最好是只说赞美之话，勿要流言诽谤。哎，现在要保我名誉的唯一方式，是两个孩子中的一个死掉就好了。这是大大的罪过，可我宁愿请求上帝的慈悲，也不愿余生忍受嘲笑讽刺之苦。"

她周围的侍女在这不幸情形中全都尽可能地安慰她。她们坦白告诉她，弑婴可是重罪，她们是绝不会去做的。这位夫人有一位近身侍女，她一直视若己出，关系亲密。少女并非世家出身，与夫人一直十分体己。当她看见夫人泪流满面，听见她苦苦哀叹的时候，她自己的心情也变得沉重，有如刀绞。她来到夫人身边，试着想给她带来些许安慰。

"夫人，"她说，"请不要这么伤心。等这阵悲哀过去了，一切都会好的。你可以将两个孩子中的一个交给我，我可以带她到远离你的地方，你永远也不会再见到她，也不会因为她而感到羞愧。我会安全无虞地将她带到一座教堂的门口。在那里我将轻轻放下她。也许有些老实人会找到她——愿上帝保佑——也许会花精力照顾她呢。"

夫人听到这些话，自是喜不自胜。她向侍女保证，为了回报她的一片忠心，侍女想要什么，她就会奖赏她什么。侍女便抱走了婴儿——那孩子即使在沉睡中也仍在微笑——将她包入亚麻织就的襁褓。在这之上，她放了一块红色的丝绸，这是由夫人的丈夫从君士坦丁堡的集市上买回来的，美丽得无与伦比。她们还用真丝织就的蕾丝系了一个大大的环佩，戴在婴孩的手臂上。这只臂环是由上好黄金打就，足有一盎司重，镶嵌着最珍贵的石榴石，上面刻有字母。这样一来，捡到女婴的人就知道她出身高贵世家了。侍女带着婴儿，从房间走了出去。夜幕降临、万籁俱寂的时候，她出了城，沿着森林里的蜿蜒小路走啊走，她仔细地看着路，紧紧将婴孩抱在胸口，直到从右手边远远地传来一大片鸡鸣狗吠的声音。她判断自己已经快接近城镇了，心中升起些许轻快的希望，循着声音的方向快步走去。很快，侍女就到了一座雄伟的城市，这里矗立着一座华美富丽的修道院。修道院内井井有条，众多修士、修女各就其位，其中发号施令的是一位院长嬷嬷。侍女打量着这里高大的院墙，只见修道院内高墙巍峨，钟楼耸立，好不气派。她快速走到门口，将婴孩放在地上，接着谦逊地跪下来开始祈祷。

"上帝啊，"她说，"以你神圣的名义，也祈望如你所愿，保护这孩子免遭死亡的噩运吧。"

祈祷结束后，侍女环顾四周，发现在阳光耀眼之处种有一株白蜡树，投下怡人的荫庇。这棵美丽的树躯干粗壮、枝叶繁茂，枝丫顶端有四根粗粗的分枝。侍女将婴孩从地上再抱入怀里，朝着白蜡树跑去，然后将婴孩放入树枝的怀抱中。这样，她就离开了，留下婴孩承受上帝的眷顾保护。其后她回到了夫人那里，并将这一切都告知于她。

在这座修道院里有个门卫，每天的职责就是在当地信众来教堂听布道之前，准时打开教堂大门。当天晚上，他按往常的时间起来，点上蜡烛带好油灯，拉响了铃声并将大门打开。这时他的目光落在了白蜡树里那丝绸包裹的光泽上。他一开始还以为是某个大胆的窃贼，把偷来的东西藏在树里面。他将手伸进去，想探探到底是什么，却发现是一个婴孩。门卫赶紧先向上帝祈祷，接着就带上婴孩，走到了自己的住所，叫来他的女儿。他的女儿新近守寡，同时还有个在襁褓中的婴儿。

"女儿，"他喊道，"从床上赶紧起来吧。点上蜡烛，升起火来。我给你带来了一个小婴儿，是在我们那棵白蜡树里发现的。给她喂奶，不要让她受寒了，给她洗个热水澡吧。"

寡妇按照父亲的指示做了。她燃起炉火，抱着婴孩，给她洗澡还喂了奶。当她一看到那富丽堂皇的猩红色锦缎以及婴孩手臂上纯金的臂圈时，她便确信，婴孩必定出身高贵。第二天正值修道院公务闲暇，当院长嬷嬷正要离开教堂的时候，门卫便对她说，有事禀告。他把事情由来说了一遍，告之拾得一名弃婴。院长嬷嬷则命他将婴儿以他先前捡到她时的装束原样抱来。门卫回到住所兴高采烈地将婴孩带给他的女主人看。院长嬷嬷仔细地看了看婴孩，就说由她来抚养婴孩好了，她一定会像对待自己属下修女的孩子一样对待这婴孩的。她要求门卫把婴孩是从白蜡树上取出的这一事情彻底忘记。就这样，婴孩交给了修道院收养。院长嬷嬷将婴孩视为自己的侄女，而由于她是从白蜡树上捡来的，便为她取名叫芙蕾娜。芙蕾娜就成了她的名字，修道院里无人不知、无人不晓，她则在修道院中慢慢长大了。

当芙蕾娜终于长大成适婚少女时，她真的是布列塔尼境内最美丽的少女了，拥有最动人的气质举止。她坦率真诚，却又极端谨于言行。看到她的人无不会爱上她，珍视她的微笑远超世间所有美丽。在多勒尔正好住着一位爵爷，认识他的人无不交口称赞。我来公布他的名字吧。他辖区里的子民都称他为布隆。这位爵爷听闻人们谈论此女，甜美容貌，举世无双，就已然倾心。有一次他从比武场归家，路上经过修道院，便向院长嬷嬷求见她的侄女。院长同意了他的请求。爵爷见到少女，觉得喜不自胜，一见钟情。她是如此美丽，谈吐气质不凡，性情又格外斯文优雅，谦逊得体。爵爷觉得，他一定要得到少女的心不可，否则他宁愿是孤家寡人一个。可这位爵爷对于如何追求少女却是一筹莫展，毫无头绪。如果他经常光顾修道院，那么院长嬷嬷就会怀疑他拜访的动机，他也许就永远无缘再见到少女了。不过在一件事情上他觉得也许还希望尚存。如果他向修道院捐赠一笔财富，这样修道院就会视他为施主，而作为回报，也许他可以要求在修道院有一间自己的房间，这样他就可以时不时到此做居士，聆听布道，摆脱凡世之虞。他便这样做了，捐赠了一大笔财富给修道院。而作为回报，他就不时地拜访修道院，可是目的却并非为忏悔或出世的平静。他是在追求少女，半是请求，半是许诺，要求她将她的爱情回报于他。当这位爵爷确信他得到了少女的爱之后，有一天他劝说少女。

"亲爱的情人啊，"他说，"既然你已经应允我的爱，那么跟我一起走吧，走到我们的感情可以光天化日、堂堂正正公开的地方。你知道得跟我一样清楚：如果你的院长姑妈知道了我们之间的感情，她一定会怒不可遏且伤心难过的。如果你觉得我的建议还可行的话，那么让我们相伴私奔吧。你有了我，我有了你，诚然你是绝对不会后悔向我托付终身的，我所拥有的一切，你必然会分享一半。"

早已倾心于爵爷的芙蕾娜温柔地答应了，他们私定终身，而她也即将追随他去他的城堡。芙蕾娜还带上了那条丝绸裹布和臂环，觉得也许有一天能派上用场。院长嬷嬷先前已经把这些信物交给了她，并告诉她本人，很久以前她是如何在拂晓时分，被发现于一棵白蜡树上的，锦缎和臂环也是那个时候她唯一的财产，而她并不是院长的亲生侄女。自那以后，芙蕾娜就小心翼翼地保管着这些体己之物。她把它们放在一个小小的匣子里，私奔时她也带着这个小匣子，从不曾丢失也不敢遗忘。

少女便和爵爷一起到了他的城堡。爵爷对她一直珍爱照顾有加，正如他先前所承诺的那样。而城堡上上下下、男女老少，也无不敬爱芙蕾娜，因为她善良纯真。他们在一起情意绵绵，相敬如宾，就这样过了很长时间。可好日子终于过去，而艰难考验终于到来。爵爷辖区的骑士们，经常聚在一起，讽谏爵爷应该将他的爱人放在一边，迎娶一位富有的贵族小姐。他们说，如果诞下一位正统子嗣，继承封地和遗产，就皆大欢喜了。爵爷若一直不婚不育，对于整个封地来说是一件极为不利的事情。如果他不按他们说的做，他们就会违抗爵爷、改旗易帜，不再忠心耿耿地侍奉他。

爵爷实在不知如何是好，只好听取属下骑士的意见，请他们告诉他，他们想让他迎娶的是哪一位小姐。

"爵爷，"他们答道，"这儿附近有一位领主，我们所期望的联姻对象，正是他。他只有一位女儿，是他唯一的继承人。他将给女儿封地无数作为嫁妆。这位女子的名字是珂黛瑞，这个王国里她的美貌无人能及。现在请你放下手中的白蜡树条，而代之以榛树枝吧。①白蜡树枝光秃荒瘠，实无前途，榛树则硕果累累，带来欢欣。只有你娶了这位女子为妻，我们才会满意，就请让上帝见证这桩婚事，而她则会带来封地子嗣无数。"

布隆终于向这位女子求婚了，而她的父亲及亲属也同意嫁女于他。哎！众人有所不知，其实两位女子是双生姊妹。芙蕾娜先前被她的母亲抛弃，而今又要再一次被她的夫君抛弃，真是命中注定，眼看爱人要成为她妹妹的丈夫。当她听闻情人向别人提亲时，她并未大肆指责他的虚伪二心。她继续忠实地侍奉他，打理府邸事务，好不勤快。府邸的武卫和侍从得知她其后必须离开这里，都非常愤怒。婚礼这天到了，布隆邀请亲朋好友，齐赴宴会。来的宾客中有大主教，也有多勒尔的那些接受布隆封地的领主们。布隆的未婚妻是由她的母亲引进家门的。母亲极为害怕芙蕾娜，因为她知道爵爷深深爱着她，生怕自己的女儿在家里成为外人一个。她多次与女婿谈话，建议他把芙蕾娜送出家门，将她许配给一个老实人，这样他们就两清了。婚宴极为盛大。就当一切顺利进行、众人欢欣鼓舞的时候，芙蕾娜也来到了婚礼现场，以确保一切都尽她夫君的意。

① 古法语里芙蕾娜是"白蜡树"之意，而珂黛瑞是"榛树"的意思。——译者注

她深深地藏下心头痛楚，表面上看去毫无烦恼。她绕着新娘走了一圈，以尽可能地观察仔细，并以优雅的姿态处处让着新娘。她的勇气让在场诸多好奇地打量着她的老爷夫人们惊叹不已。新娘的母亲也承认她确是大方，暗中对她赞赏有加。还大声说如果她早知道这位女士是如此性情柔婉大度，她是不会让她的爱人离开她的，即使是为新娘女儿的缘故也不想毁掉这位温良女子的一生。夜晚到来，芙蕾娜进入婚房，为她的夫君整理床铺。她脱下外套，叫来内侍，向他们演示他们主人的入寝习惯。他的床铺得非常柔软舒适，亚麻床单上盖着帷幔。芙蕾娜打量着帷幔，认为对这样一位高贵的爵爷来说，太过寒酸了。她盘算了一番，接着去取来了她的小匣子，从中取出那富丽的猩红色丝绸，放在床上。她这样做不仅只为她的爱人考虑，同时也顾及大主教来履行仪式，在婚床前祝福的时候，不会轻视这府邸陈设。一切准备就绪的时候，母亲领着新娘来到了就寝的婚房，正要做好安排，准备新婚之夜，可她一眼就看到了床上的丝绸帷幔，因为她自己都从未见过如此富丽的织物，除了她从前给自己的婴孩裹着的那条以外。想起这件事，她心中立即大惊，赶紧叫来内侍。

"告诉我，"她说，"请如实告诉我，这块织物是在哪里找到的？"

"夫人，"内侍答道，"这就告诉你。是我们的女士摊在床上的，因为这块织物比先前的帷幔要华丽一些。"

母亲召唤芙蕾娜。芙蕾娜匆匆来到她面前，顾不上穿外衣。母亲继续急促地问她问题，同时心中几乎翻江倒海。

"亲爱的人啊，不要对我有所隐瞒。告诉我，这块美丽的锦缎是从何而来？在哪里找到的？谁将其赠予你？请快回答吧，告诉我，是谁给了你这块布料？"

少女回答道："夫人，我的姑妈，院长嬷嬷，交给了我这块丝绸，并命我妥善保管。同时她还给了我一个臂环，说是将我放在修道院门口的人戴在我身上的。"

"亲爱的人啊，我能看看这臂环吗？"

"当然，夫人，甚为乐意。"

臂环显出来的时候，夫人仔细地看着。她明白过来，那猩红色绸缎落在了床上。她心中已经毫无任何疑虑。她非常清楚，确认了芙蕾娜正是她的女儿。让真相大白，事情水落石出吧。

"你是我的女儿，我亲爱的人啊。"

夫人激动过度，即刻晕倒在地不省人事。当她恢复意识之后，马上派人叫来了她丈夫。后者还以为出了什么事，慌慌张张向婚房赶过来。夫人跪倒在他脚边，紧紧抱着他，请求他原谅她犯下的大错。丈夫不明所以，更加吃惊。

还丝毫不知情的丈夫回答道："夫人，这是为了什么？你我之间有什么事情称得上原谅二字？不管你做了什么错事，我都原谅你。现在请明明白白告诉我你的诉求吧。"

"夫君啊，我的罪孽是如此深重，你最好在我告诉你之前就许我以大赦吧。很久很久以前，我口舌轻浮，同时也不怀好意，肆意议论我们邻人的夫人，她当时一胎生了两个儿子。可我挖的坑，后来自己却掉进去了。我告诉你的是我生了一个女儿，可事实是当时我生的是两个女儿。其中一个我用自己的锦缎织物包裹着，同时还给了她那个我们第一次见面时你赠予我的金环，令人将她放在一处教堂旁边。哎，这样的罪孽迟早要大白于天下的。现在我看到了衣裳和金环，认出了我们的女儿，而当初是由于我的错而失去了她。她就是眼前这位少女——如此美丽温和，大方怡人——爵爷也深深地爱着她。哎，现在我们竟要爵爷迎娶她的妹妹。"

丈夫回答道："夫人，与其说你曾犯下了双重罪孽，不如说现在我们的欢乐也是多重的。上天有眼，天机巧合将女儿送还给了我们。我现在有两个女儿，真是无比欣喜、心满意足。女儿啊，来到你父亲的身边吧。"

芙蕾娜听到这个故事，也喜出望外。她父亲未作耽搁，马上找到女婿，将他带到大主教面前，并禀明此事。骑士得知后也是喜不自胜。大主教提出，第二天他就要解除这天刚见证的夫妻关系。第二天早上他便主持仪式，宣布无论是名分上还是实质上，婚姻都无效。之后大主教又主持了仪式，宣布芙蕾娜嫁给她的爱人。而她的父亲给了少女最诚挚的祝福。她的母亲和妹妹参加了她的婚礼，她的父亲也给予了她半份家业作为嫁妆。父母返回他们的领地时带走了珂黛瑞，将她嫁给了那边的一位爵爷。庆祝仪式也自是盛大无比。

这桩奇事广播海外，而整个传奇故事，即"白蜡树之歌"也被记录下来，也就是芙蕾娜夫人的故事。

忍冬之歌

　　现在我心情愉悦，神清气爽，要告诉你们这首叫作"忍冬之歌"的莱歌。那吟游诗人在我耳边吟唱过的，诗人为着我们的愉悦而书写下来的，我将一字不漏、原原本本地告诉你们。这是关于特里斯丹和王后伊索尔德的。这是关于世上至高至纯的爱情的，此情哀伤，感天动地，令人感同身受。

　　特里斯丹是马克王的侄子，因为与王后的恋情而被愤怒的叔父从王国流放。特里斯丹回到了他自己的王国，在他出生的南威尔士待了一整年。因为不能去他心系之地，特里斯丹成天心不在焉，失魂落魄，径自浪费自己的生命。这也没什么好奇怪的，因为用情至极至深之人，若不能一遂所愿，就会如此心灰意冷，百无聊赖。如此灰心寂寥了一阵日子之后，特里斯丹终于离开了自己的老家，回到了他曾被驱逐的康沃尔王国，因为那里正住着他满心牵挂的王后。他偷偷摸摸地躲在深深的树林里，远离众人视线；只有当夜幕降临、万籁俱寂之时，他才去祈求农夫和其他老百姓，祈求他们大发慈悲，能收容他一晚。从这些农人口里，他得知马克王的消息。他们还告诉了他一些从犯法逃亡的骑士那里传出来的消息。特里斯丹以这种方式听说了，圣灵降临节到来时，马克王准备在廷塔格尔举办一场宫廷宴会，到时少不了还有节庆舞会及狂欢祭典，而伊索尔德王后也会参加。

特里斯丹听到这个消息，欣喜若狂，因为如果王后骑行经过这片森林，就一定会被他看到。等到国王先行一步，进入森林以后，特里斯丹也赶紧进入了树林，寻找那条王后要经过的要道。在那儿，他砍下一根榛树枝条，削开树皮，打磨光滑，用小刀刻下自己的名字。他将榛树枝放在王后的必经之路上，因为他清楚地知道，王后只要看见名字就会想起她的情人，正如从前。他在榛树枝上刻下的话，那些只为打开王后一人心扉的内容是这样的：

> 置身荒野，徘徊良久；但为君故，一睹芳颜；未尝得见，虽生犹死；此情此景，有若丛草：榛枝忍冬，羁绊至深，缠缠绕绕，直至临终；若遭横折，榛枝既枯，忍冬亦落，恰似吾辈；君不离我，我不离君；君若故去，我不独存；我若故去，君亦如是。

现在王后也踏上了森林中的这条小径。她一眼就看到放在路边的榛树枝条，清楚地辨认出上面的字母及名字。她命令随行的骑士暂停前进，让他们下马暂时歇息一会儿。众人遵循她的命令停下来之后，她有意地躲开他们一段距离，叫来她的贴心女仆兼心腹随从布兰维恩。之后她便快步走入树林，去见那位她至爱的情郎。两位情侣重逢，又可以颊齿相依、亲密无间地谈话了，他们是多么高兴啊。伊索尔德告诉他，她是怎样努力斡旋在特里斯丹和国王之间，力图让他们达成和解的，而他被驱逐出境又是怎样让她的心有如刀绞。时间分分秒秒地过去，爱人即将结束拥抱，再次分离，脸上挂满泪水。这样特里斯丹便遵循他叔父的命令回到了威尔士，他的老家。可是他不能忘怀爱情的欢乐，不能忘怀她甜蜜的面容、温柔的话语，以及刻在树枝上的誓言。为了纪念这一切，特里斯丹，那位高超的竖琴手，编写了这样一首新的莱歌，正如上述我简单和你们讲述的那样。英语里人们称之为"金叶歌"。法语称之为"忍冬之歌"，不过无论用金叶还是忍冬命名，你们现在总算听到了我所吟唱的这首莱歌里真实无疑的故事了。

埃奎坦之歌

很久以前，海外的布列塔尼住着些高贵的爵爷们。他们出生于宫廷世家，教养良好，因而能够欢快地记下那片土地上发生的一切奇事。为保证这些奇事不被遗忘，他们把它们编成莱歌，口耳相传。在这些莱歌中，我听过这样一首，为其不致被遗忘湮灭，现在我要告诉你们。

南特的统治者埃奎坦，是位忠诚又高贵之人，出身世家，极受王国上下爱戴。他本人爱好享乐，既是温柔得体的骑士，又是爱神忠实的侍奉者。就与一切追求真爱的君子一样，在爱情中他是不顾理智也不知节制的。哎，也许爱情本就如此，爱情中本难有节制本分这类立足吧。

埃奎坦麾下有一位非常勇敢又忠诚的骑士，作为他的总管，既调动号令军队，又主持法务奖惩。他也经常到国外为国王处理事务，因为国王不愿为任何原因放弃消遣娱乐：跳舞、打猎、河里钓鱼，这些都是国王兴趣所在。这位总管娶有一名妻子，而她正是给王国带来不幸的根源。这位夫人非常引人注目：体态翩翩，衣饰华美，镶嵌有金银珠宝；双目碧蓝，脸颊红润，芳唇娇艳欲滴，鼻梁纤细挺直。她无疑是王国上下最美丽的女子。国王早已多次听闻这位女子，也多次在路上向她致敬。他也多次送给她不少礼物，并经常在脑海里盘算着，怎样才能更好地与夫人搭上话。这位多情国王就经常去那位总管的城堡驻地打猎，但目的是为了满足私密的愉悦。在夫人居住的府邸，埃奎坦要求住上一晚。这样，当打猎结束后，他就可以和她说上话，表白他的真正目的了。起先，埃奎坦觉得夫人既谨慎又有礼貌。他于是仔细地观察她，在他眼里，她面貌姣美，仪容动人。爱神已让他全然屈服，身不由己；因爱神之箭已经深深射入他的心胸，自此以后，他可顾不上什么节制、君臣关系，或者是精神愉悦了。夫人的美丽让他惊艳，他经常沉默不语，若有所思。他听不进别的事情，成天无所事事。夜晚，他躺在床上也辗转反侧，对于降临在自己头上的命运愤然自叹。

"哎，"他对自己说，"是怎样的噩运领我至这不祥之地啊！仅仅只是看着这位夫人，就让我的心如此痛苦；五脏六腑在我身体里翻江倒海，好不难受。爱情如此残酷地折磨我。可如果我放手去爱这位夫人，我就铸成大错了。她是我总管的妻子，而我应当敬爱他、相信他，一如我希望，他也会如此对我。哎，如果我能知道她心里是怎么想的，就容易多了，因为一人独自思忖却不知对方所想，折磨就会双倍到来。可是天底下每个女人，不管多么乖戾，都是宁愿去拥有爱情的吧？如果不是心中有爱，她怎会如此落落大方、符合一切宫廷礼仪？而如果她心中有爱，那么天底下，应没有哪个女人不会充分寻求爱情所带来的一切好处吧？而这即使传到总管那里，他应该也不会太苛责于我吧？他总不能希望一人独享这稀世珍宝吧？反正，我是要分一杯羹的。"

埃奎坦继续在床上辗转反侧，唉声叹气，思绪都集中在夫人身上，没过一会儿他又对自己说："事情还没成，我就径自着急了。我现在还不知道那位夫人会不会接纳我当她的爱人呢。可是我必须要尽快确认此事了，不然我寝食难安。好了，天一亮我就要到她跟前去，如果她和我一样感受，那么我就可以尽快安心，摆脱这种痛苦了。"

国王直到天亮都没睡着。他起来以后先出门，假装去打猎。一会儿工夫他就回来了，说自己不舒服，就径直走向房间，躺在床上。总管觉得非常困扰，对他主人的这种病痛难以理解。他便建议他的妻子去陪陪客人，能在他难受的时候安慰和鼓舞他一下。当两人单独相处的时候，国王对夫人敞开心扉。他告诉她，他至死都渴求她的爱，如果她不能回应他的感情而只当他是普通朋友，那么他宁愿去死，也不愿偷生。

"先生啊，"夫人回答道，"我需要一点儿时间来考虑你所说的如此重要的事项，不充分考虑可不能轻率给你答案。我所拥有的财富不能与你匹配，而你贵为国王，这样赋予地位不相称的我以厚爱，也是不合适的。当你的欲望满足以后，它也就会烟消云散了。可如果我以爱回报于你，答应你所要求的，那么到时我可要痛不欲生了。你我之间还是不要牵扯到爱情为好。你贵为国王，大权在握，我的夫君是你的幕僚之一，我们之间应该是互信的君臣之仪，而不该是充满激情的危险爱情。地位相似的人的爱情才能持久。而老实人的爱情——理智与道德并重——也胜于有二心的王公贵族的爱情。一个女人若是要高攀爱情，超出力所能及的范围，她是没法从那高枝上摘下爱情果实的。富贵的人总觉得对他们的爱有所回应是理所当然的。他们对情人也不会屈尊讨好，因为他们认为，没有谁能将她从手里夺去，而她的温柔体贴无非是因为他的尊贵地位。"

她说完以后，埃奎坦作出了他的回答："女士啊，对于你的言辞我不能给予衷心感激与肯定，因为它们听上去实在鲜有宫廷之爱的气息。你谈论爱情，就像商人讨价还价那样市侩。爱情中，急欲索取而非给予的人，最后会发现他们到头来得不偿失。天底下所有的女人——只要她们向往宫廷之爱，仁慈又善良——即使身边已经有了富裕的王公贵族追求者，仍然会选择享受真爱而罔顾名利。但那些只爱新鲜脸庞的人——他们是背叛爱情的骗子，如同耍弄骰子的骗子——到头来却会发现是自己被耍弄了，这种情况我们经常见到。对这种人，没人会同情，他们只会自作自受。亲爱的女士啊，请让我表明心意吧。不要将我当作你的国王，将我视作你的仆人和爱人吧。我在这里对你发下誓言，承诺今后我的快乐将取决于你的快乐。不要让我为你的爱而死去。你将是女主人，我是侍从；你是高高在上尽可嘲讽我的美人，而我则将卑微地跪倒在你膝前乞怜。"

国王追求夫人是如此的用心用力，如此温柔地祈求心意的回报，以致最后夫人终于答应回应他的感情，将她的心交给了他。他们交换了戒指，彼此之间互誓盟约。他们对这份爱情的信仰与践行，将至死不渝。而后来的发展也确实如此。

埃奎坦同夫人的恋情不为人知，持续了很久。每当国王想要与情人见面的时候，他就告诉下人，他要单独待一会儿，因为这天是他做放血疗法的日子。接着，国王把卧房的门关上，这样，除了国王下令，没有人敢进这个房间。而与此同时，总管此刻正坐在廷上，判案断讼，矫枉扶正。在智力判断上他能如此贴近国王的心思，就如同他的夫人在感情上如此贴近国王的心一样。国王是如此一心扑在夫人身上，以至于他从不去考虑娶妻一事，也从来不听取别人在这方面对他的建议。他的子民公开谴责他，声势之大，甚至传到了夫人耳里。她的心情变得非常沉重，因为她非常害怕幕僚们的意见被采纳。当她下一次与埃奎坦见面的时候，她便一反平日拥吻的甜蜜，眼泪汪汪、哀怨万分地出现在他面前。国王询问她悲伤的理由，夫人便回答道："先生啊，我在悲叹我们的恋情，以及我总是提到的那将要落在我头上的厄运。你即将娶某个国王的女儿为妻，而我的好日子就要结束了。每个人都是这样传言，我也知道这是真的。哎，到时候你把我抛弃，我将如何自处呢？我宁愿死去，也不愿这样失去你，哎，因为我此生已无其他慰藉了。"

可国王温柔地回答道："亲爱的人啊，你不用害怕。永远也不会有什么妻子能让我把你抛弃的。我将永不婚娶，除非你的丈夫死去，那样你就是我的王后，是我的夫人了。我是绝不会为了其他女人离开你的。"

夫人首先对国王这番话表示了感激，而在心里她更是觉得蒙恩甚深。现在她确定了，他不会因为别的女人而离开她，她的脑海里立刻盘算着，如果她丈夫死了，那该多么好。而只要埃奎坦出上一点力，几乎不怎么费力就能得到莫大的快乐。而国王也回答说，他将尽全力实现她的愿望，不管这愿望是好是歹。

"国王啊，"夫人说道，"你就如意地在我居所附近的辖区打猎吧。这样，你就能在我丈夫的城堡过夜，你就宣布，要在这儿做放血疗法。手术结束三天后，你就说你要洗澡。我的丈夫应该会和你同时做放血疗法，所以他也会和你在同一时间洗澡。①这个时候你就要借口，让他总在你的身边。而与此同时我则会去烧热水，带到你们的房间。给我丈夫烧的水将会是滚烫的沸水，没有哪个人进去了能活着出来。他死了以后，你就马上叫你的人来，给他们看，总管是怎样在洗澡的时候暴毙的。"

出于对夫人的爱，国王答应了她的计划，承诺说他会尽力帮助她。不到三个月之后，国王去夫人所在的辖区打猎。他指明要求用放血疗法以保健，还要求总管陪着他一起做。他说，他将在疗程后的第三天洗澡，总管也作如此要求。夫人派人烧好了水，将沐浴桶带进房间。按照她的计划，她在每张床边都放着一个沐浴桶，给丈夫准备的里面灌满了滚水。她的丈夫先有事出去了一会儿，这样国王和夫人就被单独留下了。他们坐在丈夫的床边，含情脉脉地看着对方，离他们不远处就是那桶滚水。房间的门是由一位年轻的侍女把守的，以便随时给他们

---

① 中世纪医学理论中盛行的是体液说，因而放血疗法十分盛行。——译者注

通风报信。总管急匆匆地回来了，本来想大声敲门的，可是被侍女拦住了。他将她推到一旁，不耐烦地撞开了门。门开了，他看见他的主人与妻子正拥抱在一起。当国王看见大臣，他脑子里一片空白，只想遮住自己的羞耻。他马上起来，并拢双脚跳进了那沸腾的热水。这样，国王便作茧自缚，悲惨地死在他自己设下的圈套里面，这圈套的目标反而平安无事。总管看见了发生在国王身上的一切，立刻怒不可遏，转向他的妻子。他双手推着她，把她推进了热水，还是头先进去。这样他们就死在了一块儿，先是国王，紧跟其后的是夫人。

那些愿意听取金玉良言的人们，可以从这个故事中学到教训，那就是害人者必害己。

好了，就如我同你们讲述的那样，布列塔尼人原原本本地将这个故事编为"埃奎坦之歌"，是关于他所爱的女人，也是关于他们的结局的。

米隆之歌

那些能讲出不同故事的人，一定也知道不同故事所适合的不同曲调。而想要赢得每位听众的欣赏，他就必须让所有听众都能理解。我在此将对你们讲述米隆的故事——话不宜多，我这就尽可能简短地开始。

米隆出生于南威尔士地区。他是如此卓越威武，以致在加封骑士的那天起，没有任何骑士能在比武大会中胜过他。他是个仪表堂堂的骑士，真诚勇敢，对朋友和蔼可亲，对敌人则极为严厉。在所有那些流传着英雄传说的地方——爱尔兰、挪威、威尔士，是的，从加特兰一直到阿巴尼亚——人们无不称颂他的名字。正因为他遭君子称颂，所以也遭小人忌恨。可不管如何，凭借他高超的长枪武艺，他作为骑士的功勋有目共睹，而且无论是哪个王国的君王，都奉他为上宾。

在米隆自己的王国，住着一位爵爷，这位爵爷的名字现在已没人记得。跟这位爵爷住在一起的是他的女儿，一位非常美丽优雅的少女。少女听闻了米隆的许多英雄事迹，便开始对他倾心，因为有太多好人提到他了。她派一位可靠的随从给他送了一封信，提到如果他能对她的爱有所回应，那她一定会非常投入地倾心于他。米隆接到这个消息后欢欣雀跃。他首先感谢少女来信，表示一定回应她的爱情，并发誓永远忠实于她，永不分离。除了以文质彬彬的方式回复这封信之外，米隆还慷慨送给信使许多贵重礼物，并允诺要使他更加有钱。

"朋友啊，"他说，"希望你好心好意在我与我的爱人之间秘密传递消息，不要让人发现。现在请把我这个金戒指拿给她。告诉她，如果她愿意，可以来我这边，或者如果她更愿意我去她那边，我一定在所不辞。"

信使道了别，便回到他女主人身边。他将戒指交给了她，说已经如她所愿，完成使命。

少女得知米隆也温柔地爱着她，当然欢喜无比。她请求她的爱人前来她府邸的一个秘密花园见面，她常常在那儿消遣娱乐。米隆应约而来。他频繁拜访，少女是如此爱恋他，以至于她把自己的一切都献于他。少女发现自己怀孕以后，立即送信给她的爱人，告诉了他这一切，并表示了极大的忧虑。

"我现在已经失去我父亲那边的一切，要被逐出家门了，"她说，"他听到这个消息一定会在其他人面前处罚我，以儆效尤。他要么用剑刺死我，要么会把我卖到海外当奴隶。"

（哎，在此类莱歌的时代里，父亲的习惯做法就是如此的。）

米隆非常担忧，回答说，只要少女认为合适的解决方法，他一定会不遗余力地去做。

"孩子出生以后，"少女说，"你必须带着他到我姐姐那儿去。她是一位富裕的夫人，充满怜悯，本性仁慈，嫁给了诺桑伯兰那边的一位爵爷。连同婴儿一起，你还要附上这样的消息——口头和笔头都需要——告之这无辜的婴儿是她妹妹的孩子。无论孩子是男是女，母亲都要为之受罪。请看在她妹妹的份上，好好照顾这孩子。此外，作为标记，我还要在他的脖子上系一根带子，另外还要附上信件，信里有他的名字以及他母亲悲哀的故事。这样当他长大了，到了懂事的年龄以后，他的姨母会把你的戒指交给他，还会给他念留下的信。这样做，也许可怜的孩子最终会与他的父亲重逢。"

米隆同意了少女的提议。分娩的时候，出生的是个男孩。女主人的奶妈是她的心腹侍女，女主人对她无所不言。她行事是如此谨慎机警，表面上又是如此的若无其事，把一切掩盖得如此顺利，以至于府中没有人知道私生子出生的事情。少女看着她诞下的男婴，他长得非常好。她把戒指用带子系在他的脖子上，把写的信藏在一条丝绸腰带里，极难发现。之后，婴儿就被放在襁褓里，用洁白的亚麻布带绑好。婴孩头下还枕着一个羽毛填充的枕头，身体盖上一条非常暖和的外罩，外罩里还填充着许多皮毛。以这种方式，老奶妈将孩子交给了在花园里等待的父亲。米隆又将孩子交给他的部下，命令他们带着孩子，沿着他们熟悉的城镇的路线走，一直到达那位夫人的居所，不得有误。部下就照着指令，带着孩子出发了。他们在旅途中一天休息好几次，这样女人就能哺育婴孩，能给他洗澡，仔细照看他。部下都对主人忠心耿耿，一路小心，最后终于奉命到了那位夫人那里。夫人依循她的出生教养，以宫廷之礼接待了他们。她解开信件封印，确查内容无误，满心欣喜地小心照顾婴儿。而部下们既然已奉命将男孩送达目的地，也就离开了。

这时，米隆已经离开自己的王国，到海外当雇佣兵打仗去了。他的情人留在家中，被她父亲许配给了一位非常富裕的爵爷。可即便这位爵爷出身高贵，众人交口赞誉，少女在得知这一消息后还是愁眉不展。她回忆起了过往的日子，为米隆此时离开王国感到非常痛心，不然他还可以拯救她于这一危机之中。

"哎，"女子叹道，"我该怎么办？如果我的夫君发现她的新娘不是处女之身，我可要倒霉了。事情若公开，他们一定会让我成为终身女奴的。哎，如果我的爱人能在这儿救我于水火便好了。若我怎么也逃离不了他们的掌控，我是宁愿去死也不愿再活着的。他们派了好几个看守，老少男丁，美其名曰我的管家，那些人心中毫无温柔情感，唯愿以别人的困境痛苦取乐。可是我必须忍耐，因为我连自杀的方法都没有。"

如此，女子便如约嫁给了那位爵爷，她的丈夫也带着她，搬到他的领地去了。

当米隆回国后，听闻此桩婚事，他立即变得心情沉重、愁眉不展。他哀叹自己的悲惨命运，可整件事情中，也许唯有一点还值得慰藉，那就是他所爱的女子现在居住的地方，离他的住地并不远。米隆又开始心中思忖，他如何能最顺利地送信给女子，让其得知他已经回来，而不被任何人发现。他写了一封信盖上自己的封印。他将这封信绑在一只他养了很久、非常亲近他的天鹅的脖子上，藏在羽毛底下。接着他命侍从前来，派他担任信使。

"赶紧去换衣服，"他吩咐说，"快快去我的爱人所在的城堡。带上我的天鹅，确保无论是仆人还是侍女都不会发现你。将鸟儿带到我的爱人那里，要确保见到她的时候周遭没有任何其他人。"

侍从确实遵命行事了。他迅速准备好，带上天鹅出发了。他走了一条最近的路，穿过城镇街道，便来到了城堡大门前。一位门卫应声上前。

"朋友啊，"侍从说，"请听我说，我来自卡尔利恩，是一个靠手艺吃饭的捕猎者。这只天鹅是我靠网捉捕到的，天下罕有。我想将这只稀世珍鸟呈给你们的女主人，不过我要求用自己的双手呈上这份礼物。"

"朋友啊，"门卫答道，"捕猎者在女士那儿可不是总受欢迎的。不过你可以跟着我，我来领你到女主人那里，这样我就能知道她是否乐意与你说话，并接受你的献礼了。"

门卫进入城堡大厅，发现只有两个爵爷坐在一张大桌子旁，在下象棋消遣呢。他赶紧继续向前走，偷猎者紧跟其后，蹑手蹑脚；他动作如此之轻，两个埋头下棋的爵爷头都没有抬起来，更没注意到有任何情况。他们就径直走向女子的卧房。敲门的时候，应答的是一位侍女，由她再领着他们到夫人那儿去。天鹅就这样被呈给了夫人，她也非常高兴能收到这份礼物。她马上叫来一名内务侍从，让他看管鸟儿，命令他保证鸟儿被安置在一个安全的地方，喂好养好，食物一定要充足有余。

"夫人啊，"侍从说，"这就遵命。这只鸟儿真是稀世珍品，从任何一个捕猎者手里怕是再也找不到了。天鹅如此丰满肥美，是王室宴会绝好的点缀。"

侍从将天鹅放在夫人手里。她轻柔地抱起鸟儿，正整理鸟儿的头和颈部的时候，摸到了那藏在羽毛下面的信。夫人几乎血脉偾张，因为她一眼就认出了信上字迹是出自她的情人之手。她命人奖赏了捕猎者，随后下令所有人都从她的房间退出去。他们遵命以后，夫人叫来了一位女仆在身旁。她解开封印，展开信件，一开始就看到了米隆的名字。她热泪盈眶，不停地亲吻这个名字。读着爱人的字迹，她了解到了她的爱人是怎样日日夜夜经受巨大的痛苦与折磨的。他这样写道：我所有的欢乐都集中于你，你的白皙小手中掌握了我的生与死。请尽量想个办法，让我们能有恋人的幽会，这是我唯一的活路。骑士在这封信中还恳请她，用天鹅来回信。如果这只鸟儿得到好好照管，三天不喂东西，它就会飞回原来的地方，还可以带上女子可能藏在脖子里的任何信件。

夫人思量了一下骑士的信件内容，明白了其要义，之后她命令仆从仔细照顾好鸟儿，给予足够多的水和食物。她把鸟儿关在房间里关了一个月，这并非她所愿，更多是因为她得想方设法弄到写信要用到的墨水和羊皮纸。终于，她依照自己的心意写了一封信，亲自用指环的印章封印上。夫人又三整天不给天鹅喂食物；之后把信件藏在天鹅的脖子里，放它飞走了。鸟儿非常饥饿，清楚地记得回家的路，就竭尽全力，很快飞回了家。

鸟儿重新回到了城里它主人的府邸那里，而且不偏不倚，正落在米隆的脚旁。米隆看到自己的鸟儿回来，非常高兴。他抓住鸟儿的翅膀，叫来他的管家，要求他给天鹅喂点食物。骑士从信使的脖颈上摘下文书。他立刻从头读到尾，想找出他所希望找到的约会方法，以及他一直期盼着的夫人对他的情意。信件的一字一句都打动着他的心。夫人写道，若没有他，她的生命也是一片荒芜，既然他愿意用天鹅通信，那么她也乐意于此。

天鹅在两位再也没有机会在一起的爱侣之间往来通信，这样整整持续了二十年。除了天鹅传书，他们之间没有讲过话。他们也总是让天鹅禁食三天，再派它送信。而收到信的一方，总是确保，要将信使喂得饱饱的。[1]天鹅这样来来回回多次，在夫人那边，无论她的丈夫对她的看管是多么严格，谁也不曾怀疑到一只鸟儿。

汉伯[2]那边的夫人呢，也竭尽全力抚养照顾那个被托付给她的小男孩。当他长大懂事之后，夫人让他成为她丈夫麾下的骑士，因为这位年轻人非常忠良。也就在加封骑士那天，他的姨妈向他读了那封信，并将戒指交给了他。她将他母亲的名字

---

[1] 在有的研究者的解读中，天鹅也寓意着情侣之间的爱欲：爱欲往返彼此，因为见不到对方而饥渴，要见到对方之后才得以满足。——译者注
[2] 即前面所说的诺桑伯兰。——译者注

以及父亲的故事告诉了他：他的父亲是天底下最为优秀的骑士，武艺高超又勇敢侠义，无人能及。孩子恳切专注地听着夫人的讲述。听到他父亲的英雄事迹，他也极为欢欣鼓舞，满满的全是自豪。他在内心深处也发下宏愿：身为如此英武的父亲之子，如此高贵名分不能只是继承而来；只有以自己的实力做出一番功业，才能配得上并赢取这个名分。如此，他便打定主意，去国离家，以骑士身份在海外闯荡，先做出一番功业。年轻骑士在那晚毫不耽搁，第二天就向他的姨妈辞行。而他的姨妈也苦口婆心地告诫了一番，接着又将自己财富的一大笔赐予了他，最后送他上路了。他先策马骑行至南安普敦，计划找到一艘即将出海的船，再去巴弗勒。这样，年轻骑士一刻也没耽搁，径直去了布列塔尼，在那儿，他花费了大量金钱和时间在各种庆典和比武会上。王国富贵的人们非常欢迎由他相伴，因为论耍刀用剑，没有任何人在武艺上能超过他。从富人那里得到的犒赏他也慷慨地分给穷困和运气不好的骑士。后者也非常喜欢他，因为他从别人那里得来的犒赏颇多，但却随意地分发出去，将财富均分。骑士闯荡全国，横扫奖项，无人能及。他如此温和可亲，又如此行侠仗义，名声和溢美之词早已闻于海外，乃至他自己的国度。人们都纷纷谈论，汉伯那边来的一位骑士，是如何漂洋过海建功立业的，而因其武艺高超，慷慨大度，谦逊和蔼，人们都叫他无敌骑士，因为他们实在还不知道骑士本人的名字。

对这位好骑士及其英武事迹的赞誉，也传到了米隆耳里。他变得忧心忡忡，闷闷不乐，因为如此年轻的一位骑士功名已然超过父辈们。而他也径自哀叹，那些过去功成名就的骑士竟没有一位，能披甲上阵，为着他们过去的荣耀与这位年轻的挑战者一决高下。有件事他是决定了的，那就是他将一刻都不耽误地远渡重洋，这样就可以与那年轻骑士比试武艺，挫挫他的傲气。他准备带着怒火去战斗，将他的敌人挑落马下，以便羞辱他。这一切都结束以后，他再出发去找寻他的儿子，自从那孩子离开姨妈的城堡以后，米隆这边就再也没有听到他的消息了。米隆把这一计划也告诉了他的爱人。他将自己的想法全盘托出，希望她能支持他，让他离开一段时间。这封信他又是通过天鹅送达，鸟儿现在飞到了她手里。

夫人听闻了她情人的计划，她先感谢他的周全礼貌，并完全赞成他的计划。这样，夫人就答应他为了捍卫荣誉，离开王国一段时间，她不予阻挠，全力支持，相信他最后会成功把儿子带回来。米隆确认了他爱人的支持，这就全副武装地出发渡海到诺曼底，然后就到了布列塔尼。在那里，他广结朋友，尽可能多地参加各种比武会。米隆自信自强，同时也广施财富，就好似每天都有犒赏进账似的。他，连同周围一群在他住所落脚的勇敢的骑士，一直在那个国家待到过完冬天。复活节到了，而武士们竞相赴会、一比高下、一雪前耻的季节也到了。米隆这时开始考虑，如何能碰到那位人称无敌骑士的对手。是时，恰有一场比武大会在圣米歇尔山举行。许多诺曼人和布列塔尼人都将骑马赴会；来自佛兰德斯和法兰西的骑士也云集在此，不过少有人从英格兰来。米隆是最先报名上场的。他非常周到细致地打听那位年轻的无敌骑士，周围的人也都迫不及待地告诉了他，那位年轻人是从何处来，装备是如何精良，盾牌上的纹章又是何图案。终于，那位骑士上场了，米隆注视着那位他如此感兴趣的对手。在这种比赛中，骑士要么对冲过来挑战的对手应战，要么就要自己选择一位对手，掰弯一根矛头，以示挑战。参赛者要么赢得比赛，要么就认输，而且任何人都有可能成为他的对手。米隆在赛场上表现得骁勇无比，在那天赢得无数赞赏。可是那位无敌骑士也不弱，他一出场就赢得满堂喝彩，因为他所向披靡，无人能敌，无论是武技还是风度，谁也比不上。米隆也一直兴致盎然地看着他。年轻骑士的出击是如此有力，而且每一击都如此精准到位，以至于看着看着，米隆的憎恶很快转变成了羡慕。年轻的骑士现在也英姿飒爽地登场了，这正合米隆的心意。年老的骑士向年轻的冠军发起了挑战，很快他们就相遇于比武场中央。米隆对敌手的进攻是如此猛烈，以至于他的长枪从手套处裂开了，可是年轻的骑士仍然稳稳端坐马鞍，脚都没离开过脚蹬一下。而回击时，他的长枪角度是如此巧妙，以至于终将对手挑至马下。米隆躺在地上，头露了出来，因为他头盔的绑带已经在刚才那下撞击下震松了。众目睽睽之下米隆的花白头发和胡须露了出来，而年轻的骑士看着他刚才挑下马的对手，心中非常不安。他牵着马笼头，策马走到被他击倒的骑士面前。

"先生，"他喊道，"我请求你快快上马。我本人犯下这样一个错误，非常难过不安。请相信我这并非有意为之。"

米隆踏上马镫。他很欣赏对手的风度，接着他看到了对方握着马笼头的手，一下子认出了自己的戒指。他赶紧询问年轻人。

"朋友啊,"他说,"听我说。现在敬请告诉我你的名字如何称呼?母亲是谁?我此生经历尤多,走遍整个世界,花费一生时间,周游列国,在任何比武大会、决斗,以及王室战争中,从来没有被任何一位骑士挑下马过。可今天我被一个男孩挑下了马,然而我却深深地爱着你。"

年轻的骑士回答说:"关于我父亲我所知甚少。我知道他的名字是米隆,是威尔士的一名骑士。他爱上了一名爵爷的女儿,对方也爱他。我的母亲秘密地生下了我,让人把我带到了诺桑伯兰,我是在那里受教育长大的。我的一位年长的姨妈照顾我。她让我待在她身边,直至有一天她送给了我马和盔甲,随后就把我送到这儿来,让我待在这儿。我蹈海而来原是抱着希望,即,有一天我将回到我自己的王国。在那儿我将去寻找我的父亲,也将知晓我的父亲与我母亲之间的事情。我会给他看我的金戒指,会把我这边的情况通通告诉他,这样他就要承认我们的父子关系,而且还会爱我这个儿子,珍视看重我。"

米隆听到这些话以后,他再也忍不住了。他飞快地下了马,抓住年轻人锁子甲的边缘,大声说道:"荣光归于上帝,我现在得到拯救了。亲爱的人啊,我发誓,你就是我的儿子。为了你,我从自己的国度不远万里而来,而且找遍了这整个国家。"

年轻骑士也下了马鞍,站在地上。父亲与儿子温柔地相互亲吻着对方,还说了许多安慰的话。他们之间的父子之情有目共睹,看到这一幕的人无不为他们流下欣喜与同情的泪水。

比武大会一结束米隆和他的儿子就马上离开了，因为骑士非常急切地想同年轻人好好说话，敞开心扉地谈一谈。他们回到了住所，与一同住着的同伴骑士一起欢庆重逢，喜悦与欢快自不用说。米隆对儿子谈到他的母亲，谈到他们漫长的恋情，谈到她又是怎样被父亲许配给他领地上的一位爵爷的。他诉说分离的岁月，告诉他他们不得已这样做的原因，还告诉他，他们之间是怎样靠天鹅互传书信的，因为谁也无法担任此重负，除了那只天鹅。

现在，儿子回答道："以信仰起誓，亲爱的父亲，让我们回到自己的国度去吧。在那里我可以杀掉母亲的丈夫，你也会成为我母亲的夫君。"

两人计划已定，第二天就准备好上路了。他们与朋友作别，一路向威尔士赶去。他们显然是选了一个吉日良辰登船，因为上船没多久，一阵顺风就使得船飞快抵达了港口。他们下船以后在路上没骑多久，就碰见夫人的内务侍从，正要带着给米隆的信赶往布列塔尼。现在路遇骑士，他的任务可在太阳落山之前就完成了。他将奉命送达的封印好的信件交给骑士，请求骑士不要耽搁，赶紧到他的爱人身边去，因为她的丈夫现在已经去世了。米隆听到这一消息自然是欢欣鼓舞。他把信件给儿子看了，接着两人就马不停蹄地朝前赶路。他们的脚程飞快，即刻就赶到了夫人所在的城堡。她重新拥抱孩子的时候，是多么欣喜啊。这样两位爱人就既不诉诸姻亲族人的帮助，又不借助任何外人的建议，而由他们的儿子为他们举行了仪式，使得母亲成为父亲的妻子。结婚以后，他们一直生活富足、甜蜜美满，直至生命结束。

　　吟游诗人出于爱和赞赏，编下了这首莱歌。而我呢，将其记录下来的我，仅仅是重新讲述了一遍这个故事，这讲述的过程就是我得到的奖赏与酬劳。

尤内克之歌

　　既然我已然开始，就不会放下这些莱歌不讲。我所知道的故事，全部都要吟诵给你们听。现在我希望对你们讲述尤内克的故事，他是尤得马瑞克的儿子，是他母亲诞下的头生子。

　　从前在不列颠住着一位富有的人，他年岁已长，是切普斯都的城镇和领地的领主。这座城镇建在道格拉斯河的河岸上，历来就有无数回肠荡气的悲剧故事在此发生。这位领主年老的时候娶了一名妻子，意图生下孩子以便继承他丰厚的遗产。这位被许配给富裕领主的少女，家世良好，温文尔雅，十分美丽。众人都仰慕其美貌，从切普斯都到林肯，一直到爱尔兰，没有谁享有的美誉能超过她。哎，那些把她嫁给这位老者的人犯下的是多么大的罪行啊。由于她正值芳年，活泼可亲，他便把她牢牢关在高塔里，以便独自占有她。他还派了他的姐姐，一位寡妇，小心地看守着她。两位女士便一同生活在塔里，只有侍女作伴，她们另有房间居住。夫人只能和一个人说话，那就是那位老妇人。七年就这样过去了。夫人并未诞下孩子，以给予自己慰藉，她也从未走出城堡，去见她的族人和朋友。她丈夫是如此嫉妒，以至于就是在她睡觉的时候，卧室里也不允许有任何仆人侍卫，来为她点亮蜡烛。夫人变得非常忧郁，成天以泪洗面。她的美丽容颜开始消退，因为她也不再注意她的容貌。事实上，她甚至痛恨自己的美貌，给自己带来了一生不幸。

现在四月降临，到处莺声燕语，而领主这天也早早起来，去林中散步消遣。他命令他的姐姐也早早起来，在他背后关上城堡大门。她这样做了，接着就到别处去阅读手头的一本诗集。夫人也醒来了，一起来，她就眼泪汪汪地哀叹大好春光之灿烂。因为她知道老妇人暂时不在房间里，所以她可以尽情哀叹，而不用担心被偷听到。

"哎，"她叹道，"我一定是于不祥的时辰出生。被整日囚禁在这高塔中，有生之年是绝对出不去了，多么悲惨的命运啊。这位嫉妒成性的老爷如此牢牢地将我关在这监狱里，害怕的究竟是哪位呢？总是害怕被别人算计欺骗，这是他自己心中有鬼，才会怀疑人。我没法去教堂，没法去领受上帝的教诲。如果我能被允许与其他人讲讲话，或者自己能在生活中找点乐子，这样我还能对我的丈夫温柔一点儿，就像我本来希望的那样。哎，我是多么怨恨将我嫁给这个嫉妒的老头子、让我们结合在一起的父母和族人啊。我现在连做寡妇的指望也没有了，现在看来他总是死不了的。哎，他恐怕不是在正常的人间受洗礼的，而是在地狱里的冥河浸泡过的吧。他的神经像铁一样坚硬残酷，他的气血又像年轻人那样凶狠暴烈。我总是听说，在那过去的传说里，那悲伤的人终会由于机缘巧合而转运，不幸也终将到头。某位骑士会遇见某位青春美丽、正符合他期待的少女。而少女们呢，也会与那些谨慎又勇敢的情人相恋而不被责备。更有甚者，只要这些女子与她们的情人密会不被任何人发现，谁又能在她们背后说三道四呢？哎，可是我这或许只是自欺欺人罢了，所有这些传说与历险，或许真是子虚乌有。哎，如果万能的上帝能够重塑世界，以满足我的心愿，那就好了！"

正当女子哀叹的时候，一只大鸟的阴影将窄窄的窗檐遮住。女子不禁惊叹，到底出了什么事？这只猎鹰径直飞入卧房，挣开脚环和爪子上的罩子，来到女子坐着的地方。女子极为吃惊，因为雄鹰在她眼前变成了一位年轻又英俊的骑士。女子对这其中的魔法讶异不已，惊慌失措，又惊恐万分地用手把脸庞遮了起来。骑士则不慌不忙、彬彬有礼地请她不要害怕。

"夫人，"他说，"别害怕。这只猎鹰在你身边将像鸽子一样温驯。如果你肯听我讲话，我一定把事情的来龙去脉明白告诉你。我化作鸟儿来到你的高塔，这样就可以向你求爱，让我当你的爱人。我爱慕你已有多时，也在心里把你的爱视作世上至高。除了你以外我从没有对哪个女子动过心，有生之年我也将非你不娶。也许我本应该早早来到你身边，可是只有你在危急时分呼唤我，我才能离开我的王国，来到你的身边。夫人，请大发慈悲，让我成为你的爱人吧。"

夫人鼓起勇气，认真听着这些话。她把遮着脸庞的手移开了，这样她就能答复年轻人。她说，只要他在她面前保证，虔信上帝，她也许能满足他的愿望。虽然出于恐惧之情她说了这样的话，但其实内心深处，她已经爱上了他。因为她这一生还没见过这么一位俊美年轻、仪容丰伟的骑士。

"夫人，"他回答道，"你的这一要求无比正当。你是绝对不会怀疑我的虔诚信仰的。我坚信上帝，那创造一切的至高存在。我们的父亲亚当曾偷吃禁果而给人类带来无尽痛苦忧伤，而唯有上帝才能把我们拯救。他现在是，过去是，也永远是我们可怜人类的生命与光之所在。如果你仍然不相信我的话，那么去找你的神父吧。告诉他，因为你觉得不舒服，你很想听听关于上帝的教诲，好疗愈那罪行与不适。不过我将假扮成你，然后领受圣餐。这样你就可以确信我的虔诚信仰，再没有理由怀疑我了。"

那位老领主的姐姐刚刚做完祈祷，回到房间，发现夫人是醒着的。她告知夫人，现在是起床时间了，该做好准备换上衣服了。夫人回答说她有一点不舒服，请老妇人去告诉她的神父，就说她很害怕自己要死了。那位老妇人是这样回答的："你必须尽可能忍受一下，因为我的老爷去树林中了，现在除我以外，没有人能进入这高塔。"

夫人听到这些话，十分不安。她只好求助于女人在这种时候常用的计策——假装晕倒在床。她丈夫的姐姐看见了，吃了一惊。于是她把卧室大门打开，叫来了神父。神父带着圣餐尽快赶到。那位骑士就领了圣餐，喝下那圣餐杯中的酒。这之后神父就走了，老太婆又把卧室大门牢牢锁上了。

骑士和夫人度过了一段非常愉快的时光；他们真是世上最

美好般配、最欢欣快活的一对爱侣了。他们不停地互诉衷肠，可是很快，骑士就得返回他的领地了。他请求夫人准许他离开，夫人也情意绵绵地答应了，可她要求骑士允诺，会再回到她身边来。

"夫人，"他答道，"你什么时候愿意我来，我就什么时候赶过来陪你，这你一定放心。可是我请求你，在这件事情上要谨慎有度，这样我们才不会受到伤害。那个老太婆一定会日日夜夜地看守，如果她发现我们之间的恋情，一定会告诉老爷的。这样，噩运降临的话，我们就完了，到那时我们必定得分开了，而我一定会心碎而死的。"

骑士说完就回去了，而留在那儿的夫人现在真是世界上最快乐的女人了。第二天她快快乐乐地起来，容光焕发、精神抖擞地过完了这一周。她又开始重新注意自己的容貌了，而昔日的美丽又回到了她身上。本来她视高塔为令人憎恶的监狱，现在却变成她愉快的居所，她可不愿意离开这里，到外面任何的屋子或者花园去了。在高塔里，只要她丈夫走出房间，她可以想什么时候见她的爱人就什么时候见到他。清晨薄暮，日日夜夜，一对爱侣都聚在一起。哎，上帝保佑她的这种快乐能持续，噩运降临的那天不要到来。

她的丈夫现在终于注意到了他妻子服饰和精神上的变化。他变得非常不安，并开始怀疑他的姐姐。这天他把她叫到一旁盘问她。他告诉她，他的夫人最近打扮得格外动人，问她这意味着什么。老太婆说她知道的不比他多："因为我们之间也很少说话。她完全没见过亲朋好友，可现在，她似乎非常满足于一个人待在她的房间里。"

丈夫答道："显而易见她是非常非常满足的。可我发誓，我们一定要尽全力找出这其中的缘由。听我说，某天早上我起床离开后，你就在我身后把门关上，而且假装走开，让她认为她是独自一人。你必须藏在一个隐秘的地方，能够看见和听见她的一举一动。我们之后就会知道她新近这么快乐的秘密了。"

设下这个罗网以后，姐弟俩就各自分头行动了。哎，可怜那还被蒙在鼓里的无辜爱侣，他们很快就要陷在这精心设下的罗网里了。

三天后，丈夫假装离开了家。他告诉妻子说，国王下旨意命他去宫中，但他应该很快就回来。他就从房间走了出去，把大门关紧。他的姐姐起床后就藏在窗帘背后，这样一举一动就能看个清楚，从而解开困扰她良久、急欲知道答案的谜了。骑士应夫人的请求如约而来了，可他在这里与她缠绵厮守的时间不能超过一小时。他们之间的情意绵绵、欢欣喜悦自不用说，但很快就到他离开的时间了。这些老太婆都看在眼里、记在心里。她记住了骑士是以何种方式而来，又是以何种形态离开的。她又惊又怕，如此英武的骑士竟是以鹰的面貌出现。等丈夫回到家以后——他其实就在附近——他姐姐就一五一十把她看到的，关于骑士的情状告诉了他。丈夫立刻怒不可遏。他马上想出了一个狡猾的计策，来屠戮这只鸟儿。他命人制作了四片钢刀，每一片的边缘都锋利无比，远甚最快的刀片。他将这些刀片绑在一起，紧紧地固定在那扇窗户之上，而那鸟儿飞来夫人这里时是要降落在那窗棂上的。哎，上帝，可怜那俊美的骑士无从得知这桩罪恶行径，也不知这桩恋情早已曝光。

第二天丈夫也起得非常早，清晨时分就说他要去林中打猎。他的姐姐在他身后关上大门，又回到她自己的床上继续睡觉，因为天都还没亮呢。夫人是醒着的，正深深地思念她的恋人。她温柔地呼唤他来到她身边。这样，鸟儿就准时应约而来。他飞进开着的窗户，突然就陷入锋利的刀片之间了。其中一片刺入他的身体如此之深，鲜红的血一下就从伤口喷出来。鸟儿知道他的伤是致命的，便挣扎着飞过障碍，飞到夫人的床边，落在床单上。床单浸透了他的血。夫人看见她的爱人以及他的伤口，一下子惊恐失措。

"亲爱的人啊，"骑士说，"我是为你而死的。我之前不是告诉过你，一旦我们的爱被公开，我就一定会被杀戮吗？"

听到这些话，夫人的头也垂落下来，有好一段时间她毫无生气地躺着。骑士温柔地安慰她。他让她不要悲伤过度，因为她即将生下一个儿子，为她带来慰藉。这个儿子应该取名叫尤内克。他会成为一位勇敢的骑士，会为他们两人报仇，手刃仇人。骑士无法再待下去了，因为他的伤，他就要流血至死了。他愁苦万分，拖着残躯飞走了。夫人一边在后面追着鸟儿，一边发出了凄惨的哭叫。因为想跟着他，她也一并跃出了窗户。窗户离地面整整有二十尺①，而她没摔死，这真是一件奇事。当时夫人身上只穿一件睡袍，便做了那危险一跃。她就穿着这

① 二十尺约为6.67米。——译者注

件睡袍，跟随着骑士伤口滴下的血迹往前走。她沿着他之前走过的道路，直至抵达一座小小的木屋。木屋只有一扇门，浸满了鲜血。凭着木门上浸透的血迹，她得知尤得马瑞克曾到此休憩，可她不知道他是不是仍在里面。夫人走进了小木屋，可是屋里一片黑暗，找不到他人，她便继续沿着之前的那条道路向前走。她走啊走，终于走到一片丰美的芳草地。跟循血迹，她穿过了这片草地，直至看见前方有座城镇。这座华美的城镇四周全是高墙围着。每一所房子、庭院、高塔，都像银子那样闪闪发光，住在里面的人们也显得非常富裕。城镇前面有滩湖泊，右边绵延开去是一片茂密的树林，而左手边临近大门处，一条清澈的河流正哗哗流淌。船儿穿行在这条宽阔的河流之上，驶入港口，有三百多条船只正泊在港口。夫人是经由偏门进入城市的。点点新洒下的血落在从街道到城堡的小路上，指引着她的道路。斑斑血迹在宫殿的台阶上也到处都是。于是她进入宫殿，起先她看见的是一个低矮的房间，一位骑士正躺在一张低矮的小床上。女子看了看他的脸，就走开了。接下来，她又进入了一个大一点的房间，空旷的房间里只有一张床，上面也躺着一位骑士。可当夫人进入第三个房间时，她看见了一张非常华丽的床，她一下就知道那一定是她的爱人的。这张床镶嵌有纯金，摊着的床单是无比昂贵的丝绸。所有的家具都价值连城，银质烛台上燃烧着大大的蜡烛，日夜不分地照亮房间。她一进入房间就认出了她的爱人，是用她自己的双眼亲见。她快步走到床前，立即由于悲伤而晕了过去。骑士将她抱在怀里，也哀叹自己的悲惨遭遇，可当她恢复意识后，他尽可能温柔地安慰她。

"亲爱的人啊，为了上帝的爱，我曾祈求你能尽快地到这里来。因为太阳落山之前我的生命就将结束了。而我周围的人，如果发现你在城堡里，会对你不利的，因为他们确信我是为了你的爱而死去的。亲爱的人啊，因为你的缘故我是这么的悲伤。"

夫人回答道："爱人啊，现在最好便是我们一起死去。因为我怎么还能回到丈夫身边去呢？如果他再看见我，他一定会用剑刺死我的。"

骑士尽可能安慰她。他给了她一枚戒指，告诉她说，只要她戴着那枚戒指，她的丈夫就不会想起发生的一切，不会烦扰她，也不会想着复仇一事。然后他拿出他的剑，交给夫人，恳求她，以爱起誓，绝不要把剑交给其他任何人，直到他们的儿子长成为一位勇敢忠良的骑士。等到那个时候，她和她的丈夫——还有他们的儿子——将会赶赴一场节庆宴会。他们会在一座修道院落脚，她会看见一座华丽的墓地。在那儿，她的儿子会被告知他父亲的死，然后会被赐予这把剑。在那儿他也会被告知自己出生的前因后果、自己的父亲，以及这桩冤仇。到那时再看他会做什么吧。

骑士把心里该说的话都说完以后，他又给了她一件无比华美的外衣，她就可以蔽体离开宫殿了。她照着他的意思上了路，戴着戒指，还有那柄现在成了她最珍贵之物的宝剑。她出了城门还没走出半里地，就听见丧钟响起，身边的人们在齐声悼念他们君王的逝世。夫人如此悲哀以至于她在回家的路上晕过去了四次，又四次从昏迷中醒来。她还在她的爱人曾休憩过的那个小屋歇脚停留了一会儿。过了那个小屋，她终于回到她自己的领地，回到她丈夫的高塔之中。在那儿她平静度过了许久，因为——就像尤得马瑞克预言的那样——她的丈夫既不关心她去了哪儿，又没有报复的意愿，也不再派人监视她了。

这样过了些时日，夫人诞下一子，取名为尤内克。孩子被精心呵护着长大成人。整个王国境内再没有比他更俊美大方、武艺高强的人了。当他长到合适年龄，国王也封授他为骑士。现在你们听好了，在授爵那一年发生的故事。

在那个王国，照习俗要在卡尔利恩及其他城镇举行盛大的宴会，庆祝圣亚伦节。丈夫有意带上他的友人去观摩节庆。与他一同出行的还有夫人以及她的儿子，两位都装容华美。一群人对去那儿的路并不熟悉，害怕迷路，于是叫上了一位年轻人领着他们到一条直路上。年轻人把他们带到了一座城镇，其美丽程度举世无双。在这座城市里有一座雄伟的修道院，穿着僧袍的修道士很多，修道院里熙熙攘攘。年轻人请求在这里歇一晚，那儿的修道士也非常欢迎远方来客，拿出了美酒珍馐来招待他们，还安排他们在修道院院长旁边就座。第二天拜完弥撒，他们正准备要上路，修道院院长请他们小驻片刻，因为他要领他们去看修道礼堂以及修道院内的各处设施。鉴于修道院院长之前极力款待他们，于是丈夫同意了参观计划。

晚餐一吃完，旅客们就从餐桌边起身，参观修道院的各处设施。他们进入了修道礼堂，看见一座十分华美的坟墓，气势极其恢宏，到处盖着丝绸帷幕、金丝刺绣。二十根蜡炬伫立在这座富丽的坟墓旁，点亮它的上下，以及四周。蜡台也是纯金打造，屋顶吊下来的香炉也是由紫水晶打造而成。众人看见这座坟墓装饰极尽华美尊贵，便开始问起其中的墓主是谁。修道士们开始哭泣，眼中含泪，告诉他们说此地躺着的是最伟大勇敢、最英俊的骑士，前无古人，后无来者。"他活着的时候是此地的国王，是天底下最受尊敬的领主。他是在卡尔文，因为对一位女子的爱而被杀害的。从此以后这里就没有国王了。而我们在此地已经等待良久，等这对悲惨的恋人生下的儿子，因为我们的君主就是如此吩咐的。"

当夫人听见这些话，她朝向儿子，同时也在众人面前大声地哭了起来。

"亲爱的儿子啊，"她说，"你已经听见了上帝为何要领我们前来此地。这坟里躺着的逝者是你的父亲啊。他是被你身边这年老的背叛者以卑鄙的方式杀害的。"

说着这些的时候，夫人又从身上拔出宝剑，把这件她保存了如此之久的宝物交给了儿子。她尽可能简短地说明，当初尤得马瑞克是如何化作雄鹰前来与她约会的，鸟儿是如何被背德者出于嫉妒杀死的，以及尤内克作为鹰之子的来历。最后她也倒在墓地的另一端，失去了知觉。她再也没有说话了，其后她的灵魂就离开了她的身体。当儿子看见母亲倒在她爱人的坟墓旁死去的时候，他举起父亲的宝剑，砍下了那年老的背德者的头。那一刻，他就为他父亲的死报仇雪恨了，同时也赎回了他母亲犯下的错误。当这个消息传开，那座城市的老百姓都赶了过来，将美丽夫人的身躯放在棺材里，封好以后举行了盛大的下葬祭拜仪式，将她与她的爱人合葬在一起。愿上帝宽恕他们，赐予他们安宁。至于尤内克，他们的儿子，在他走出教堂的时候，人们拥戴他成为国王。

那些知晓这桩哀怨动人的故事的人们，在许久以后将这个故事编成了一首莱歌，这样，所有的人就都能了解到这对爱侣为爱情所遭受的困苦与哀伤了。

荆棘之歌

那些指责我唱的这些莱歌是虚构的人，我定然不敢苟同他们的看法。我在这里，以不同方式讲述的那些亡者和过去的故事，每个都有可靠的证人。逝去的久远年代留下的史诗，还依然在这些土地上唱响呢。在卡尔利恩或是圣亚伦修道院里，好事者仍在倾听，在布列塔尼和其他很多地方也偶有耳闻。为了证明此类故事仍深深印在人们脑海里，尚未磨灭，这里，我要对你讲述的是两个孩子的冒险之歌，让那尚未被知晓的事实在此刻传唱出来，以昭后世。

在布列塔尼有一位王子，神采奕奕，长相俊美，文雅有礼，慷慨仁慈。这孩子是国王的儿子，照顾他的只有他的父亲以及父亲的妻子，因为他的亲生母亲已经去世了。国王疼爱这位王子，远胜世间所有，同时他也非常讨夫人的喜欢。夫人那边呢，有一个女儿，但并非国王所生。少女也长得娇艳动人，容光焕发，年轻美丽。这两个孩子，出生高贵，正值适龄，男孩是两个中间年龄大一点的那位，比女孩要年长七岁。两个孩子的感情非常好，几乎形影不离。一个如果享有某样好东西，也必会分享给另一个。他们日日夜夜都在一起：一起用膳，一起出行，一起生活。而负责照顾看管他们的监护者呢，知道他们之间感情深厚，也放任他们继续一起厮守。随着年龄增长，孩子之间的感情与日俱增，可自然造化却将另外一种不同于孩童时期的爱注入了少年与少女之中。旧日的嬉戏玩耍已不能给他们带来快乐，取而代之的是拥抱和亲吻，是时而滔滔不绝的说话，时而长长的沉默。现在他们经常躲在城堡的阁楼隐蔽处来赴私情约会，让这新近发生的甜美的爱情在他们心中滋养成长，两人也是心有灵犀。他们的爱情也确实是纯真而温柔的，而如果他们可以将这桩情事成功地保持不为人知，本可平安无事。可没过多久，这桩情事就被发现了。

这一天，这位青春年少又风度翩翩的王子从河边回到家中，因为天热而头有点疼。他进入卧房，关上房门以隔开外面的喧哗吵闹，躺在床上以便休养。王后正在卧室里教授女儿各种成人后淑女必须掌握的规矩与礼仪。可少女更上心的是她的爱人，而非母亲。她一听到爱人回到屋子里的时候，就没对任何人打招呼，偷偷从母亲身边跑开，确保身后也没有人跟着，径自到他休息的房间去了。王子对她的到来很是高兴，因为他们那天还没见过面呢。少女安抚着他身体的不适，非常温柔地亲吻了他很多次，以这种方式来为他疗伤，同时没觉得这样做有任何不妥。这样就过了好一段时间。这时王后已经注意到公主不在身边了。她连忙起身，飞快地走到王子的房间，进去之前既没有打招呼又没有敲门，因为门虚掩着没有锁上。王后这时看见两位情人正情意绵绵地怀抱着彼此，她就发现了他们之间的爱情。王后勃然大怒。她一把抓住少女的手腕，把她关进自己的房间里。她又请求国王，更为严厉地看管好他的儿子，还派人看守他，以致他没法和少女见面。因为除了从房间传来的哭声，王子既见不到他的爱人，亦听不到有关她的消息，于是他做出决定，不再耽搁，马上找到他的父亲，告诉他心中所想。

"国王啊，"他说，"我想要一样礼物。如果作为我的父亲你还高兴乐意的话，请现在封我为骑士。我要去国离乡，为别的王侯打仗而获取奖赏。远游召唤着我，因为其他许多骑士正是以他们的剑来建功立业的。"

国王满足了儿子的要求，而且是完完全全地按照儿子提出的条件，一丝未改。他只请求王子在这边宫廷先待满一年，这样能为他之后的旅程做好准备，而他也可以在王国境内更好地修习武艺。王子同意了——因为似乎除此之外也没有更好的法子。他就尽可能频繁地出入宫廷，长伴父王身边。少女那边呢，现在被她母亲看管着，后者为了她之前那次错误一直在责备她。王后还不仅仅满足于责难和威胁。她现在更为严格地教训少女，使得她的日子非常困难，她也愁绪万种。年轻骑士听到这些关于母亲用刑罚严格管教约束少女的消息，心里非常难受。他不知道该怎么办才好，因为他清楚地知道，自己正是这一切的原因：因为自己的缘故，公主在大好年华却要受此屈辱折磨。他越来越为他的爱人焦虑忧心，她所遭受的各种委屈与责难也越来越让他寝食难安。他退回自己房间，紧紧关上大门，进而失声哭泣。

"哎，"他哭道，"我该怎么办！由于我的轻率愚蠢，给我们带来这样的祸端，该如何解决？我爱她胜过我的生命，而且如果我不能和她在一起的话，我就要证明我可以为她而死，哎，没有她的话我是没法独活的。"

王子在哀叹的时候，王后来到了国王跟前。

"国王，"她说，"我以王后身份发誓，我是尽量严格地看管我的女儿的。请你也看好你的儿子，确保他不要再望她一眼。他现在想着的尽是如何与他的小情人幽会，好搂搂抱抱呢。"

出于这个原因，国王在宫廷里也如同王后在私房里看管公主那样，严格地看管他的儿子。他如此严厉，以至于这两位可怜的爱侣完全没有机会在一起说话了。他们再也不能私下会面，不能看见对方，也无法以书信或是让侍卫传口信的方式打听到对方的任何消息了。

他们这样痛苦度日，直至这一年圣约翰庆典到来的八天前，少年终于被封为骑士。国王这一天都在打猎，返程时带回了一大批猎获的山珍林鲜。吃过晚饭，收拾好桌子以后，国王舒适地坐在讲坛前摊着的一块地毯上，他的儿子以及宫廷大臣也和他在一起。一群人首先聆听了一位来自爱尔兰的吟游诗人以非常高超的技巧吟唱表演《埃尔斯之歌》。这个故事讲完了，他又开始吟唱另一首，是《奥尔菲斯之歌》。所有人都屏息静气，没人胆敢打断吟游诗人的歌唱，或分他的神。之后，骑士们聚在一起，一个个高谈阔论起来。他们谈到从前发生过的种种冒险奇事，也谈到布列塔尼王国。这些领主中间坐着一位口吐莲花的女子。轮到她讲的时候，她提到了一桩冒险事，每年一次的圣约翰祭之夜，荆棘渡口的冒险行动正等着冒险者赴会，"可是我深深怀疑，应该没有任何骑士能如此勇敢，去尝试那条险道"。当新任的骑士听到这个消息的时候，他的内心顿时升上骄傲和荣誉感。他想到，虽然已经被委以宝剑，他还没有在众目睽睽下做出一番成绩来证明自己的勇气呢。他想，是时候来证明自己的坚韧不拔，让那些不怀好意、充满怀疑的人闭嘴了。他立刻站了起来，要求那女子、国王，以及列位爵爷先听他发言，这样，他就充满气概地在所有人面前开始讲话了。

"爵爷们，"他大声说道，"不管这位女子说了什么，我可以在你们全体面前保证，在圣约翰之夜，我将单身骑至荆棘渡口，去参与这场冒险行动，不管最后结果是得或是失。"

国王听了这些话，非常忧虑。他只将这些话当作少年气盛的意气之辞。

"亲爱的儿子，"他说，"赶紧打消这个念头吧。"

可国王最终确认了，不管是因为愚蠢莽撞还是过人智慧，小伙子都决定要一意孤行，以身涉险。

"快去吧，"他说，"以上帝的名义。若你一定要这样做，那就用生命去冒险，去大胆追求吧。毕竟此身如寄，愿上帝能满足你的心愿，赋予你快乐时光。"

当天夜里，小伙子正睡在床上，而那位美丽的少女，也就是他的爱人，忧惧难以成眠。她爱人立誓这一消息，飞快地传到了她的房间里，让她对接下来可能发生的一切害怕得不得了。圣约翰节前夜，薄暮时分，年轻的骑士满怀希望，朝着那惊险重重的渡口骑马而去了。他从头到脚全副武装，骑着一匹非常强壮的马驹，踏上了通向荆棘渡口的路。他走他的路，同时少女也踏上了她的冒险之路。她偷偷去了花园，她请求上帝，将她的爱人毫发无伤地带回家园。她坐在一棵树的树桩上，不禁流泪哀叹自己的悲惨命运。

"天父在上，"女孩说道，"一直全能、永远全能的主啊，请同情我的祈愿吧。因为于悲惨不公的命运中拯救每个人，正是我主之旨意，那么请可怜一位如此悲伤的少女吧。亲爱的主啊，请让时光倒流，那时我的爱人还仍在身旁；请让我再次与他在一起。哎，全能的主啊，我何时才能被拯救？我的痛苦与悲伤无人能知，因为除非他们把心放在不可得之物上，否则是不会跟我一样感同身受的。哎，可这些人知道的，只有苦楚与悲伤。"

少女就这样，坐在那棵老树的根部，双脚置于绿油油的草地上，祈祷着。当她祷告时，宫中一片混乱，人们到处都在找她，询问她的所在，可没有人能发现她藏在哪儿。少女此时也径自沉浸在她的爱与忧伤中，除了祈祷和泪水，忘了周围的一切。夜幕渐渐退去，晨曦已然于天际浮现，她在那棵一直庇护着她的老树下小睡片刻。她猛然惊醒，但又继续坠入比先前更深的睡眠。她并没睡多久，就发现自己竟然已经不在树旁——哎，我可没法讲清楚这事，因为我对巫术一窍不通——她已经在荆棘渡口了，也就是她的忠心爱侣正奔赶去的地方。骑士看见了沉睡中的少女，为眼前的景象而感到惊异。少女醒来后感到非常害怕，因为她不知自己置身何处，正自疑虑。出于极度恐惧，她捂住了脸庞，可是骑士上前恰到好处地安慰了她。

"我的女神，"他说，"请不要害怕。如果你也是凡人肉胎之身，请告诉我你的故事。告诉我你是以何种方式何种面貌，来到这机密之地？"

少女开始鼓起勇气，回忆前因后果，直到她发现自己突然已不在城堡花园之中，这之后的事情她就不记得了。她又向骑士询问，她来到的是什么地方，为何他也在此。

"女士，"他说，"你正置身荆棘渡口：这里是为那些敢于冒险的追寻者而存在的；冒险与追寻有时要违背理智算计，可有时却恰恰是心之所向。"

"啊，亲爱的上帝，"少女大声说，"现在能够团圆，我也无比满足了。请你仔细地看看我，因为我正是你的爱人。感谢上帝，他终于听见了我的祈求。"

追求者那晚上所经历的系列冒险奇事这就开始了。少女飞快地拥抱了她的爱人。骑士也敏捷地下了马，双手轻柔地抱着她，吻了她无数次。然后，他们就一同坐在荆棘下，少女讲述了她是怎样在那神游快乐的状态下入睡的，又是怎样在昏睡中身体离开原地而到了荆棘渡口这儿来。骑士听完少女说的话以后，目光从少女的脸庞望向河对岸，发现有另一名骑士，长矛举起，正骑向渡口这边。这位骑士身着一挂华丽的朱红色铠甲，骑着的一匹骏马身躯雪白，两只耳朵鲜红，红得像那骑手身上的装束。这位骑士蜂腰猿臂，并未显得有渡河打算，而是在渡口彼岸驻足不前，静待观看。这边的年轻骑士告诉他的爱人，为了荣誉他要与这位对手切磋一番武艺。他上了马，骑到河边，将爱人留在荆棘下。如果此刻她身边还有另一匹马可供驱策，她是会毫无疑问地去上前助他一臂之力的。两位骑士决斗时靠得非常之近，刺向对方的长矛是如此之精锐，以至两人的盾牌都立即破裂了。他们的长矛也都在护腕手套中断裂开来，剧震使得他们俩都跌下马来，滚落在地上，但幸好没有受到更重的伤害。因为两位都没有护卫马童来扶他们起来，他们从地上站起都跌跌撞撞费了好一番力。当他们能重新上马时，他们将盾牌拴在脖子上，重新将由白蜡木制成的矛指着对方。年轻的骑士非常伤心，因为他的爱人正好目睹了他摔下马来。两位决斗者的又一回合到了，当王子这回将长枪刺向对手的时候技巧是如此高超，以至于对方盾牌上的绑绳断裂开来，对方的盔甲脱落了下来。年轻骑士看到这一幕，十分欢喜，因为他知道他的爱人正看着他的这场胜利呢。他越斗越勇，终于将对手打下马来，他还抓住了对方战马的缰绳。①

　　两位骑士越过了渡口，王子忧心忡忡，因为对手实在是技艺高超，英勇雄伟。他确信，如果他们两人一起围攻他的话，他一定会死在他们手上的。不过他暂时把这想法抛置脑后，因为他不愿去怀疑，如此有风范的骑士会做出如此有违骑士之道的行为。如果他们想凭实力通过的话，毫无疑问他们会像真正的骑士那样决斗，而且是一人对一人。三位骑士上了马，非常

① 英文译本注释说原文手稿此处有遗漏。本译本全部按英译本译出。——译者注

有礼有节，秩序井然地过了渡口，每一位都让着其他两位。来到岸这边之后，那位陌生的骑士请求王子，为他们两位主持一场比赛。他回答说欣然从命，就准备好在一旁观战了。两位对手之间的距离又拉开了一点，王子很高兴，因为这样他就更容易观察这场决斗了。他已经确定，两位骑士不会加害于他，因为那两位骑士已经确信，与他们打交道的，是一位不远千里来到渡口，只为了荣耀和赞誉的正直游侠骑士。现在两位对手已经各就各位了。他们将长枪指着前方，全身披好了铠甲，激烈地冲杀在一起。他们碰撞时如此激烈，以至长矛都断裂了，两匹良驹也翻倒在地。可两位骑士都没有从马鞍上摔落。两位斗士都各自从地上站了起来，抽出剑，向对方冲去，直至血溅四地。在一旁主持这场决斗的王子目睹了他们的强大实力，他便走近，裁决比斗终止。两位对手就分开，不再挥剑击打了。其中一位彬彬有礼地、客客气气地对王子说："朋友啊，请骑上马，跟我也决斗一番吧。这样我们才能心安理得地离开，因为我们的时间已经不多了。若你希望赢得奖赏，你就必须忍耐直至黎明到来。请尽你骑士的本分，勇敢地战斗，因为你若不幸在这场比斗中被打败在地，或不幸逝世，那么一切皆成空，你会失去你的战利品。没有人会记得这场冒险；你的一生将会庸庸碌碌，在籍籍无名中度过。你的情人会被胜利者引领离开你的身边，坐在那你曾凭勇气而赢得的卡斯蒂利良驹上。所以，勇敢地战斗吧。单那战马的辔头就价值连城呢，那良驹本身是世界上跑得最快、最俊美的马匹。我在此将这些原原本本告诉你，你可不要惊讶。因为我曾目睹你决斗，从而了解你是一位

顽强的骑士、一位勇敢的绅士。并且，我也跟你负有同样的风
险，可能失去我的马匹及马具呢。"

年轻骑士听着这些话，承认这位骑士的话既睿智又得体。
他并非不听从少女的劝解，可首先，他非常确定，他必须先与
这位骑士决斗。他两手紧握缰绳，选了一根白蜡木作杆的长
枪，就朝对手冲了过去。交战双方的冲撞是如此猛烈，长枪径
直刺穿了对方钢铸就的盾牌，可双方都并未因冲击震撼而从马
镫上跌落。之后，王子又灵巧地向对手砍去，那对手若是没有
紧紧抱住战马的脖子，肯定是要摔落下马了。可为着礼节，王
子并未趁着先手追击，而是等到他的对手在马骑上坐稳，再接
着比斗。结果是对方已然整装，做好了重新上阵的准备。两位
骑士都把长枪刺将过去，同时各自用盾牌躲开对手攻击。冲击
碰撞之激烈，使得他们的盾牌顿时碎裂，但两位对手仍端坐马
鞍无事。少女看到这番激烈交战，觉得心惊肉跳。她为她的情
人深深担忧，害怕不幸会降临，她对着对方骑士放声痛哭，在
此情景下，为了礼仪起见，他应当放下这场决斗，径自离开。
而那骑士也非常遵守规则，深谙此种时刻，应对女士所尽的责
任。他向少女致敬，之后便和他的同伴一同骑行上路，渡河离
开了。王子目睹他们远去，接着就一刻也不耽搁地来到少女身
边。此时她正惊恐万分，浑身颤抖，跪在荆棘之下，看见她的
爱人上前，她才起身站起来。少女靠着爱人的帮助上了马，因
为她清楚地知道，他们的艰难困苦已然结束。他们一刻不停地
赶路，以至于这天天黑前他们就返回宫殿了。国王看见他们回
来，对于他儿子的英武事迹自然是欣喜万分，而与他一同回来

的是王后的女儿，这更让他惊讶不已。

王子回来的同一天——正如我听闻的——国王将他的爵爷大臣们召集到宫中，因为他麾下的两名领主之间略有纷争。国王准许他们决斗，而这一切亦完美解决。国王就对欢快的人群讲述了王子的这番奇遇。他复述了上面我跟你们讲的那一切，即，王子是如何在渡口应对挑战，如何在荆棘丛下找到少女，如何参与了那激烈的比试，以及如何从对手那里赢得白色骏马。

王子自从赢得白马后就派人尽最大努力照顾白马。他还迎娶了少女为妻，从此以后也对她倍加精心呵护。她本人以及她经常骑的那匹马，便成了他最堂皇的战利品。骏马荣耀加身，这样过去了很多年，直至有一天，它主人将辔头从它身上取下，马匹便倒地而死了。

上述这个故事，布列塔尼人将其编成了一首莱歌。他们未将其命名为"渡口之歌"，尽管整个故事确实发生在一处渡口；他们也没有命其名曰"两位青年之歌"。不管怎么样，这首歌的旋律被定为"荆棘之歌"。开篇美好，结局也圆满，因为两位情人终于修成正果，喜结良缘。

葛瑞兰特之歌

现在我要对你们讲述葛瑞兰特的故事，别人怎么告诉我的，我要原原本本地告诉你们，因为这首莱歌实在是动听，会令人脑海中不停地回响如此动人的曲调。

葛瑞兰特出生于布列塔尼的一个高贵世家。他仪表堂堂，诚实慷慨。那个时候，布列塔尼与邻国正进行着一场死伤惨重的战争；国王下令，境内骑士必得带上武器，跟随参战。参战的人员中就有葛瑞兰特。国王对他的加盟欢喜非常，因为他睿智勇猛，深受宫廷上下爱戴与尊敬。如此葛瑞兰特便在战场与比武会上骁勇奋战，用尽全力，予以敌人最大限度的打击。王后听闻这位骑士之雄伟强壮、武艺高超、众人景仰，便在心中暗暗爱慕。于是她将她的心腹内务侍从叫到一边，问询道："请如实告诉我，你是否经常听人谈起那位勇敢的好骑士葛瑞兰特爵士，人们是否对他的盛名赞不绝口？"

"王后殿下，"侍从答道，"我知道他是一位文质彬彬的绅士，广受爱戴。"

"他要是我的爱人就好了，"王后说，"我为着他可寝食难安。你去他那儿吧，命令他来我这儿，来领受我的厚爱。"

"你的这份厚爱真是情深意重，珍贵无比，他肯定会欢天喜地地接受你的这份馈赠。哎，从这儿一直到特洛伊，每一位神父，只要看着你的容颜，都会心旌动摇，为你的眼眸而放弃王国。"

内务侍从就离开王后，到了葛瑞兰特的住所。他先有礼貌地问候了骑士，把来意说明，并请求骑士不要耽搁，即刻就跟随他到宫中去。

"你先走吧，亲爱的朋友，"骑士回答道，"我随后就到。"

内务侍从走了以后，葛瑞兰特立刻给他的灰色骏马上了鞍，骑上马向城堡赶去，他的侍从紧随其后。他在宫殿外下了马，当着国王的面，走进了王后的房间。王后一看见他便紧紧拥抱了他，好生周到体贴地侍候他。然后她让骑士坐在一块华丽的地毯上，当面称赞起他的丰伟仪容。可骑士对夫人答复得简洁而彬彬有礼，用词非常得体，毫不越矩。之后，王后便沉思片刻，考虑她是否应当要求骑士也该为了爱的缘故回报她的爱情。最后，被激情鼓励着的王后问道，骑士的心是否在哪位少女或夫人身上，已有所属。

"夫人啊，"他说道，"我现在没有爱上哪个女人，因为爱情须庄严，而非儿戏。即使有五百个人欢畅流利地谈论着爱情，他们之中没有一个人能把爱情的首字母拼对的。爱情也经常成为因懒散、饱食终日而无所事事，或想入非非的幌子。

爱情要求侍奉它的人忠贞不贰，言行一致。两位爱人中若一位忠贞，另一位嫉妒又虚伪，他们的爱情又怎能维持呢？这样的爱情早已千疮百孔，荡然无存。爱情游弋在爱侣之间，游弋在他们的心灵之间，欢愉又谨慎，否则毫无价值。爱情中，一方想要的，那也正是另一方所欲；所以此方在彼方那里要求的，彼方应先于此方提出之前，未雨绸缪，事先给予。没有这种灵犀，爱情只会是枷锁，是限制。爱情首先意味着欢愉、真理，和节制。是的，人要忠于爱人，恰如行为举动要忠于言辞话语。正因此，我可不敢斗胆追求如此高尚的情操。"

王后愉快地听着葛瑞兰特的话，觉得他是如此的口齿伶俐。由于他说的话既睿智又文雅，最后她终于向他敞开了心扉。

"朋友啊，葛瑞兰特爵士，虽然我已为人妻，可是我从来没有爱过我的夫君。我爱你爱得真是深切呢，那么你为何不主动上前，给予我我所要求于你的呢？"

"夫人，"他说，"请你可怜我、原谅我，因为这不可能。我是国王麾下的骑士，已经双膝跪在他面前宣誓对他效忠，忠诚不贰，誓死捍卫他的生命与荣誉。我绝不会让他蒙羞。"

说完这些话，葛瑞兰特就离开王后，回去了。

见葛瑞兰特拒绝后离开了，王后开始叹气。她心里非常哀伤，不知如何是好。可不管怎样，她都没法熄灭自己的热情，所以她经常给骑士捎些口信，送昂贵的礼物，想得到他的心。可他把这些都回绝了。然后王后因爱生恨，她爱他有多深，就恨他有多切，于是她开始在国王面前大肆诋毁葛瑞兰特。因战事持续，葛瑞兰特仍逗留在邻国。为手下人的开销他已经花光自己一切财富，因为国王没有发饷给他的士兵。是王后让国王这么做的，说只要扣除他手下人的军饷，葛瑞兰特就没法逃到别的国家，也没法为别的君主效命。这样，葛瑞兰特就彻底绝望了。不出意料，他也变得十分悲伤，因为他现在身边除了一双破马镫，连一样能典当的东西也没有了；而最后当连这马镫也失去的时候，他都无法骑马返回自己的家园了。

现在是五月，天光漫长又温暖。葛瑞兰特寄住在做生意的百姓家里。这天，商人一早就起来，与妻子一道到镇上与邻人一起吃饭去了。只有葛瑞兰特一个人留在屋中，没有侍从，没有弓箭手，也没有仆人，除了主人的女儿，一位非常礼貌文雅的侍女。当用膳时刻来临，她请骑士一起坐下来用膳。可他无心享受，而是到外面找着了他的侍从，命他赶紧给马套上辔头，戴上马鞍，因为他现在还没心思用膳。

"我这儿可没有马鞍。"侍从回答道。

"朋友，"侍女说，"我将把辔头和马鞍借给你。"

等装束准备就绪，葛瑞兰特就上马出发了。他穿过小镇，身着一件非常寒酸的皮衣，这件皮衣已经被他穿得非常破旧了，因此镇上的居民都纷纷转过身来看着他，嘲笑他的贫困。不过葛瑞兰特对他们的嘲笑没太在意，因为这类阶层本性便是如此庸俗，既无仁慈，又少礼节。

在镇子外面，坐落着一大片森林，树木葱葱郁郁，林中有一条小河。葛瑞兰特朝着这片树林骑去，陷入深思，无比忧愁。树林过后又骑了一段路，他在一片繁茂的灌木丛中看见了一头美丽的白色的鹿，它洁白无瑕胜过冬季枝条上的积雪。白鹿在他眼前逃走了，而葛瑞兰特紧追不舍，这样，鹿和人就一同到了一片芳美的草地上，草地正中喷涌出一股干净可人的清泉。在这汪泉水中，一位少女脱下了衣服，放在一旁的灌木丛里，两名侍女站在岸边随时待命。葛瑞兰特看见如此美丽的一幕，忘记了逐鹿，因为他这一生中还从没有看过如此动人的女子。女子体态苗条，皮肤白皙，姿态优雅，容光焕发，一对开阔的眉宇下，眼眸若含笑意，显然是天下最美丽的女子了。葛瑞兰特怕惊扰女子，不敢接近喷泉，所以他便蹑手蹑脚地来到灌木丛中，拾取她的衣裳。这一行为被两位侍女发现了，发出了惊恐的声音，女子听见了便转过头来，用葛瑞兰特的名字称呼他，并用愤怒的声音大声说："葛瑞兰特，将我的衣裳放下，你带走这些衣服，让我赤身裸体留在这树林中，对你可没有好处。如果你是如此贪婪、攫取成性，将你的骑士风范抛到脑后，至少将我的内袍还给我，你就带着我的外套走吧，因为它质地优良，还能换几个钱。"

"我不是商人阶层之子，"葛瑞兰特欢快地回答道，"并非走夫贩卒、在集市贩卖外套之流。如果你的外套真的价值连城，我现在可不会将其从灌木上拿走了。沐浴完事后就出水吧，亲爱的朋友，并且将你的衣裳穿好，因为你到时可不得不和我说话了。"

"我才不相信你呢，因为那样你就可以抓住我，"女子说道，"并且老实告诉你，我也不信任你的话，对你的出身教养也毫无兴趣。"

但葛瑞兰特仍然兴致勃勃地回答道："女士，看来我不得不承受你的怒火了。不过至少在你从那泉眼边出浴前，让我守卫你的衣裳。哎，在我眼中你的体态真是美丽动人。"

女子明白了葛瑞兰特不会离开，也不会再拿她的衣服之后，她就命令葛瑞兰特不准在任何方面伤害她。葛瑞兰特答应以后，女子就出浴，并披上了衣服。葛瑞兰特左手轻轻地扶着她，同时请求她，能否回报他对她的一片爱心。可女子这样回答道："你胆敢以这种方式和我讲话，可真是让我吃惊，因为你看上去既不检点又不谨慎。你胆子很大，骑士先生，胆子太大了，竟敢攀上我这样地位的女子。"

葛瑞兰特并未被女子的傲慢语气挫败，而是继续温柔动人地祈请恳求她，保证如果她给予她的爱，他就会忠心耿耿地侍奉她，一生都不离开她。女子于是同意了葛瑞兰特的要求，因为她清楚地发现，葛瑞兰特确是位勇敢的骑士，彬彬有礼又睿智非常。她在内心思忖，如果将他打发走了，她可再不会遇到这么合适的一位情人了。在她知道他值得托付以后，就温柔地吻着他，并对他这样说："葛瑞兰特，我也会待你以同样的挚爱，尽管我们在今天之前还没见过面。可是，想要我们的爱继续下去，有一件事必须得到保证。你永远也不能对别人说起这桩恋情，不能让其为人所知。我会在你的钱包塞满银币，让你身披绫罗绸缎，穿金戴银。我会日日夜夜伴随着你，而我们之间的爱情也将炙热无比，尽你享用。我会骑马伴你左右，如果你愿意，我们也可随时伴在一起，欢声笑语，不绝于耳，可我绝对不能被你的同伴看到，他们不能知道关于你的新娘的任何事情。葛瑞兰特，你忠诚勇敢，文质彬彬，仪容丰伟。是为了你，我才在泉眼旁撒下情网，等你而来；为了你，我也会有所牺牲，这在这桩情事开始之前我就已然知晓。现在我只能指望，你要小心谨慎，如果你夸夸其谈，四处炫耀我们之间的关系，那我就完了。现在，在这个国家住满一年吧，因为你的爱人是如此留恋此地，将其视作家园。可中午时分已经过去，也是你该回去的时候了。再见了，不久我会派人送信给你，告诉你应当做什么。"

葛瑞兰特离开了女子，告别之时她温柔地抱着他，与他吻别。他回到自己的住所，下马以后径直走进房间，倚在窗边，思考着这桩奇遇。当他朝向树林望去的时候，看见一位仆从，正骑着一匹上好的骏马向这边赶来。他在葛瑞兰特的门前停下，从马镫上下来，向骑士问好。葛瑞兰特就问起，他是从何处来，名字为何，有何贵干。

"先生，"他答道，"我是为你的爱人送信来的。她嘱托我将这匹骏马送至你手上，同时还让我来服侍你，给你的手下发饷，以及为你看管家事。"

葛瑞兰特听到这个消息，自然是又惊又喜。他吻着仆人的脸颊，接受了他的礼物，派人将那匹马驹——那真是天底下血统最好、跑得最快的良驹了——牵到马厩。之后，仆人便将他的行李拿到主人的厢房，从行李中取出一个大大的垫子，以及一条装饰得非常华丽的帷幔，铺在床上。这之后，他又取出一个钱包，里面盛满了金银币，以及非常坚韧的布匹，以给骑士做衣。这之后他又去找房主，将欠的房款一并付清，并请他确认，不仅葛瑞兰特在此住宿的花销已经付清，房主也已得到了大笔额外的赠返。他还请房主去镇上找一些途经小镇的浪人骑士，来陪伴他的主人一同休憩娱乐。房主也不负所托。他做了一顿丰盛的晚餐，并在镇上打听遍了，哪些骑士由于牢狱之灾或战争而深陷窘境。他把那些困顿落魄的骑士带来葛瑞兰特爵士这里，以宴饮、美酒和音乐好生款待他们。葛瑞兰特端坐在他们中间，华衣加身，享用美食佳肴，欢欣快活，心满意足。不仅如此，葛瑞兰特还赠予这些穷困的骑士及艺人许多贵重的礼物，以至于镇上的人都开始对葛瑞兰特尊敬有加，尊奉他为领主。

从此时起，葛瑞兰特生活极为安逸，无忧无虑。他的爱人招之即来，对他百依百顺；白天他们整日在一起欢笑嬉戏，而夜晚她也轻柔地躺在他身边。人世间还有什么比得上这至高的快乐呢？除此以外，他还尽可能经常骑马去参加各种比武大会，所有的人都知道他是一位坚韧勇猛的骑士。他的日子、他的爱情可太逍遥快活了，哎，如果这种好日子能这样长久下去就好了。

整整一年的时光过去了，到了圣灵降临节的时候。依照惯例，国王要召集他宫廷中所有有封地的公侯子爵聚在一起，举办一场盛宴。葛瑞兰特爵士自然也被邀请了。这一整天，所有的爵士都吃好喝好。宾主尽欢之时，国王命令王后脱下外袍，站在台前，接着他在大家面前吹嘘道："各位爵爷，你们看内子姿色如何？全天下所有的女人，无论是少女或是夫人，还有比我的王后更美丽可人的吗？"

所有的领主都忙不迭地赞颂王后，大声宣称，天底下没有哪位少女或夫人能如王后这般清新优雅、美丽动人。所有人都异口同声地吹嘘她的美貌，除了葛瑞兰特。他对众人的愚钝只报以微笑，因为他的心仍在他的爱人那里，而对那些觉得王后貌美举世无双的人，他只觉得可怜。因此他只坐在那儿，将头挡着，脸朝下对着桌子微笑。王后注意到了他的失礼，就对着国王指了出来："国王，你看这大不敬！这儿没有一个领主不夸赞你妻子的美貌，除了葛瑞兰特。他这会儿正嘲笑她呢。他总是如此恶毒地鄙视我。"

国王命令葛瑞兰特起身来到他的座席前，众人都安静下来，国王要求他以骑士的名誉担保，讲个清楚，他为何埋头微笑。

"国王，"葛瑞兰特如此对国王说，"请听听我的看法。天底下，没有哪位高贵的男士能做出你这样让人不齿的行为。你公开展览你的妻子。你迫使你的领主们满嘴谎言地赞颂她，说天底下无人能出其右。可这儿却偏有个人能把事情真相当着你的面告之，要找到比她更美丽的女子，真是轻而易举。"

国王听到这些话，立刻大发雷霆。他命葛瑞兰特直截了当地说说，他是否认识更美的女子。

"当然，国王。并且她的美貌姿态，胜过王后三十倍有余。"

王后听到这话，也勃然大怒。她请求她的丈夫国王陛下命令骑士将那位他如此大肆吹嘘的女子带到宫廷来。

"让我们并排站，然后让众人做个选择，看是谁更美。如果是她被认为更美，那就让他平安离开，要不然，我们就要让他为自己的恶毒诽谤中伤行为狠狠付出代价。"

于是国王下令卫兵逮捕了葛瑞兰特，并发誓说他们之间将再无君臣友好相处之情谊；除非骑士将他所夸耀美貌的那位女子带来，否则他将不得被放出监狱。

葛瑞兰特就这样被关进了监牢。他后悔自己出言不逊，请求国王大赦于他。他也害怕失去他的爱人，惊恐又愤怒，出了不少冷汗。可尽管国王手下大多数大臣都同情他的不幸遭遇，时间过了很久他仍然没法得到赦免。一整年的时间过去了，国王又一次要举办盛大宴会，招待他的领主和部属们。葛瑞兰特被带到了大厅，被再一次告知，如果他能带着那位他在国王面前如此夸耀过的美貌女子返回，他就能重获自由。而如果她被证实如他所说的那么美貌动人、惹人垂怜，那么一切就平安无事，他也毋须害怕。可如果他不能带回这位女子，那么他就得接受审判，寄自身安危于国王之手。

葛瑞兰特骑上他最好的马驹，又悲又怒地离开了宫廷。他找到自己的住所，打听他先前的仆人，可是怎么也找不到他。他召唤他的爱人，可是她怎么也不回应他的呼唤。葛瑞兰特深陷绝望，觉得了无生趣，一心求死。他把自己关在房间里，哭泣着恳求他的爱人能发发好心，原谅他，可是他听不到从她那里来的任何言辞和慰藉。他的爱人因为他所铸成的这一大错而就此离开了他，他因此日夜不能成眠，陷入深深的绝望。一整年他都生活在这种非常可怜的状态下，以至于他周围的人都觉得，他至今一息尚存真是奇迹一桩。

到了约定好判决的那一天，担保人将葛瑞兰特带到宫廷，国王与大臣们都正襟危坐，问起葛瑞兰特他的情人现在何方。

"国王，"骑士答道，"她不在此处，我也无法找到她，现在你想怎么处置我就怎么处置我吧。"

"葛瑞兰特爵士，"国王说道，"你好大的胆子，谎言惑众。你不但污蔑王后，而且对所有的领主撒谎。现在落到我手中，你以后可不能再用你的舌头犯下更多过错了。"

然后国王便高声对他周围的爵爷们说："爵爷们，我请求并命令你们，赶紧给这一讼案以一个判决。葛瑞兰特在宫中当众冒犯我的话，你们都听见了。你们也非常清楚他对王后犯下的大不敬罪。这样一位对上不忠的骑士，对他的同僚又怎会诚实行事呢？俗话说得好，'打你狗的人，怎能指望他还对你好？'"

国王手下的领主们在国王面前列队走到外面，聚在一起商讨他们的裁决。他们沉默了好一会儿，因为让他们重判如此勇敢的一位骑士，也非常为难。正当他们谁也不说话的时候，一位仆从飞速赶来，请求他们不要轻举妄动，因为（据仆从说）"正在此刻，两位非常年轻的少女，两者皆是王国里最美丽的女子，正朝宫殿赶来。也许她们能救好骑士一命，奉上帝之旨意，拯救他于水火"。这样，领主们便非常高兴地等待着，他们马上就看到了两位少女正朝宫殿这边骑马过来。两位女子非常年轻，姿态优美，袅袅婷婷，披着两件上好的外套。侍从赶紧上前扶好马镫马鞍，助她们下马。下马之后，少女走入宫廷，径直走到国王面前。

"国王，"其中一位说道，"现在请听我说。我们的女主人命令我们请求你，暂缓判决，因为她本人即将前来向你请愿，希望能释放这名骑士。"

王后听到这一消息，感到羞耻万分，马上从宫殿中飞快地走了出去。她刚刚逃开，这时就进来另外两位少女，比先前两位皮肤更白皙，脸上的红晕也更美丽。她们请求国王再等一会儿，因为她们的女主人即刻将至。所有的人都盯着她们，称颂她们无上的美貌，说如果侍女都已经如此美丽，女主人美貌的程度又该如何呢。因此，轮到女主人终于到场的时候，王宫上下所有人都站立起身，以恭迎她的到来。当她骑马向王宫行进的时候，没有任何一个女人能比得上她雍容华贵的王后气质了。她外貌动人，姿态又无比纯真优雅，有着天底下最温柔的眼眸与纤瘦的脸庞。整个宫廷内外都对她的美貌赞不绝口，因为她全身上下确实没有任何一处缺点或不完美之处。她的衣裳华丽无比，外裙是绣着纯金边的猩红色真丝绸缎，外衣也价值连城。她的骏马品种高贵，速度飞快；马身上的装束辔头等就值一千个里弗。所有人都跪倒在她膝下，称赞她的容颜与气度，她的纯真无瑕，她的王后风范。她不紧不慢地骑到国王的王座前边，俯身下马，文质彬彬地说道："国王啊，请容我在此一言，而在场的各位爵爷啊，也请用心考虑我的恳求。你们知道葛瑞兰特在国王面前，当着大家的面，说了什么样的话，即当王后在众位爵爷们面前炫展美貌之时，他说他认识一位更美丽的女子。他出言不逊，口无遮拦，因此惹得国王大怒。可当他说，比起你们认为的最美的女子，总是会有更美的女子这句话的时候，在这点上，他至少是正确的。现在请大胆地看着我的脸庞，然后再在这场王后与我外貌的争执中做个决定。而葛瑞兰特爵士也能从对他的指控中解脱出来。"

于是宫廷里所有人，从爵爷到侍从，从王侯到仆役，都看着女子，一致大声宣称，她的光耀远超王后。国王自己也和他的领主们做出决断，说此事已了。于是就这样，葛瑞兰特爵士脱罪并重获自由。

当判决下达时，那女子就离开了国王，她周围伴着先前的四位侍女，她们一出宫殿就径直上了马。葛瑞兰特爵士也给他的白马上了鞍，之后上马，紧紧地跟随着她穿过城市。一天又一天，他沿着她走过的路径追寻她，请求原谅与宽恕。可无论肯定或否定，她一句话也不回答。她们赶着路，最后终于来到森林。穿过一片茂密的树林之后，就骑到了一条清澈美丽的小河旁。夫人驱马赶向河边，可当她看见葛瑞兰特也要入河淌水的时候，她朝他大声喊道："停下，葛瑞兰特，河流很深，你进去一定会送命的。"

葛瑞兰特没有听她的话，仍然把马匹赶进了河里，水很快就淹没了他的头顶。之后夫人抓住了他马匹的辔头，非常艰难地把马匹和骑手一同带回岸上。

"葛瑞兰特，"她说，"你不可跨过这条河流，不管你多么努力，你必须独自一人留在岸这边。"

夫人又策马走向河流，可是葛瑞兰特不能忍受眼睁睁看着她径自离去，他又一次赶着他的马匹下了水。可是水流湍急，河又深，葛瑞兰特一下就从马鞍上被冲了下来，被水流冲走了，而且眼看就要淹死了。四位侍女看见他的可怜处境，对着女子大声喊道："夫人，为了上帝之爱，请可怜可怜你的爱人吧。看，他如今深陷不幸，就要淹死了。哎，要是你从来不曾在他的耳边说过温柔的情话、给予他你的珍贵挚爱就好了。夫人，看看那湍急的河流是怎样急速将他推向死亡的吧。你曾经如此珍视亲近的人，就要淹死了，你的心怎能忍受？帮帮他吧，这样你就不至于背上这样的罪名：让一位这样爱你的人死去而不施援手。"

女子听到侍女们这般恳求，再也无法掩饰她心中对骑士的怜爱。她立刻调转马驹，涉水下河，抓住了她爱人的腰带，终于带他一起上了岸。到了岸上，她解开了淹溺之人的外衣，将他紧紧地包在自己身上未被打湿的衣裳里，细心地照顾抚慰他，骑士终于活了过来。这样她就将骑士安全地带回了自己的国度，而自那天起，再也没人见过葛瑞兰特爵士。

可在布列塔尼，人们依然坚定确信，葛瑞兰特与他的爱人仍在人间。他的骏马，从湍急的河流中逃开后，为失去它的主人感到难过。它再次遁入茂密的森林，可日日夜夜再也不得安宁。从此再也不见马匹安静，它总是四蹄叩地，嘶鸣如此响亮，以至于声音传遍了王国内外。许多人对如此高贵的一匹良驹都垂涎不已，想要给它套上马嚼和挽具，可是从来也无人能靠近它，因为这马容不下第二个主人。于是每年到这个时候，森林里便四处回响着这匹找不到主人的骏马的痛苦嘶鸣。

关于这匹良驹以及那勇武的、与心爱之人归隐凡人所不能至之处的骑士的传说，在全布列塔尼境内传诵不已，而布列塔尼人也编了一首莱歌，广为吟唱。此歌也被称为"葛瑞兰特爵士之死"。

海外传奇

很久以前，在庞蒂厄地区有一位伯爵，他既爱好骑士之道，又无比热衷世间一切享受，同时他还是一位坚韧的骑士，英武雄伟又文质彬彬。同一时期，在圣保尔地区还住着另一位伯爵，他家拥封地无数，出生高贵，为人正直。他只有一件不如意的事情，那就是家族一直没有继承人，他只有一个妹妹，为人谨慎，品行良善，是庞蒂厄地区多马尔郡的女主人。而这位夫人生有一子，名为提伯特，是圣保尔郡的继承人。不过只要他舅父还在世，他名下就没有一文财产。他是一位胆大心细的勇武骑士，精通武器，高贵正直。在此地，他也多受正直的人爱戴，因为他出身世家，血统纯良。

之前提到的庞蒂厄地区的伯爵，娶了一名非常贤淑的夫人。他和妻子生有一个女儿，她品性良善，举止优雅，并且随着年龄增长，这些优点越发突出。少女今年恰好二八芳龄。她出生后第三年，母亲就逝世了，女儿自然悲恸不已，非常难过。她的伯爵父亲，毫不耽搁，马上续弦了。新夫人也是自大方世家而来。伯爵与这位新夫人很快生有一子，他深得父亲宠爱。小伙子年岁渐长，不仅身材日渐魁梧，而且气度不凡，各种纯良品性也初显端倪。

庞蒂厄的伯爵认识多马尔的提伯特骑士，于是把骑士叫到自己的城堡中来，将他纳入麾下，给予厚赏。当提伯特骑士加盟麾下后，伯爵极为欣喜，因为骑士为其建功立业，赢得功名无数。 这一天他们从一场比武大会归来，回家的路上伯爵邀请骑士作伴。伯爵与提伯特骑士走在一起，他向骑士询问道："提伯特，以上帝的名义，现在如实告诉我，在你眼里我王冠上的珠宝，哪一颗最为闪亮？"

"爵爷，"提伯特骑士答道，"我只是区区一名乞儿，愿上帝开恩，你王冠上的所有宝石我并不垂涎，但唯独你的女儿，那位少女。"

听到这个回答，伯爵觉得心满意足。他在内心暗自微笑，说道："提伯特，那么我就将她许给你，如果她同意的话。"

"爵爷，"他答道，"万分感谢，也愿上帝能回馈于你。"

于是伯爵找来女儿，询问道："亲爱的女儿，我已经为你安排好了一桩婚事，必将顺你的心意。"

"父亲，"少女问道，"是嫁给何人？"

"以上帝之名，是嫁给一位忠心耿耿的人，一位有远大前程的至真之人，是我自己麾下的骑士，多马尔的提伯特。"

"尊敬的父亲，"少女以动人的声调回答，"即使你所辖是王国，我贵为国王的独生公主，我也将非常愉快地选择他为夫婿，为他献上我的所有呢。"

"女儿啊，"伯爵说，"愿上帝保佑你这样美丽的人，赞美你降生的那一刻！"

这桩婚事就这样达成了。庞蒂厄的伯爵以及圣保尔的伯爵均出席了宴席，参加的还有无数体面的宾客。他们相见甚欢，仪式盛大体面，欢欣鼓舞溢于言表。新娘与新郎在一起快乐地生活了五年。可唯一的憾事是，或许是我主耶稣基督旨意，他们一直没有子嗣诞生。

一天晚上，提伯特躺在床上不能入眠，内心思忖道："上帝啊，我是如此衷心挚爱这位夫人，而她对我亦如是，可为何我们无法诞下子嗣以侍奉上帝、立功行德呢？"

然后他想起了圣雅各，那位西班牙的使徒，他对于虔诚的信众可谓有求必应。于是，他在内心深处真诚起誓，要走完这趟朝圣者之旅程。他的妻子睡在一旁，等她醒来之后，他就温柔地抱着他，要求她准许他的一个请求。

"夫君，"夫人说，"是什么样的请求？"

"夫人，"他答道，"我已经想好请求，你马上就知道了。"

"夫君，"她答道，"在我力所能及的范围之内，我一定会满足你这一请求，不管代价有多高。"

"夫人，"他说，"我请求你准许我暂时远行，去朝圣使徒圣雅各，这样也许他能向我主耶稣基督说情，赐予我们一子嗣以继承血脉、侍奉上帝，发扬光大神圣教会。"

"夫君，"夫人大声说道，"你有此等良苦用心，多么让人欢欣鼓舞啊，我自然将毫不犹疑地答应你这个要求。"

于是丈夫与妻子之间皆大欢喜，琴瑟和谐。这样过了一天，两天，三天，到了第三天时，他们并肩躺在床上，正值夜晚。然后夫人开口了："夫君啊，我请求你满足我的一个要求。"

"夫人，"他答道，"尽管提吧，不管是何种形式，我一定会满足你的。"

"夫君啊，"她说，"我要求与你一起共赴这差事旅程。"

当提伯特骑士听到这个请求，他变得非常不安，说道："夫人啊，羁旅劳累，前途漫漫，并且远走他乡，风险莫测，必将劳汝筋骨。"

夫人说："夫君啊，不用疑虑我是否能忍受。你理应担心的是，仆役是否能够坚持，而非你的发妻。"

"夫人，"他说，"既然上帝和你皆有此愿，那就如此吧。"

过了些日子，这些消息流传得如此之广，以至于庞蒂厄的伯爵也有所耳闻。他将提伯特骑士召到府邸，说道："提伯特，我听说你是一位虔诚的朝圣者，我女儿也一样！"

"爵爷，"他回答道，"这是千真万确之事。"

"提伯特，"伯爵说道，"对于你自己而言，你想怎么做就怎么做，我也完全赞同你的做法，可我女儿又是另一回事了。"

"爵爷，"提伯特答道，"她已然下定决心，必将踏上朝圣之旅，连我也无法劝阻她。"

"既然这样，"伯爵说，"你该什么时候动身就什么时候动身吧。可是路程漫漫，要好好地准备你的马，男人骑的战马、女士骑的马驹、负重的马，都要照顾到。我会给你足够的财富和供给，确保你的旅程顺利。"

"爵爷，"提伯特回答说，"万分感谢。"

于是朝圣者便开始准备旅程，欢天喜地要到那圣地一游。赶路时他们加快脚程，终于快到达圣雅各的圣地，比计划提前了两天。那晚他们就在一个怡人小镇休憩。进入旅店之后，提伯特骑士就叫来店主，向他打听明天该怎么走、路径方向为何、一路是否会平坦。

"亲爱的老爷，"旅店店主这样对骑士回答道，"这座城镇的大门外，有一片小树林。过了小树林就是一条笔直的路，路上大概要走一整天的时间吧。"

听到这个回答，他们没有进一步问其他问题，铺好床尽快入睡了。第二天刚日出破晓，朝圣者们就快活地起了床，有说有笑，欢悦不已。提伯特骑士也起来了，他不能成眠，因为头有点不舒服。他因此叫来了他的内务侍从，说道："快起来，让大家先备好马，赶紧上路。你要跟我在这儿待一会儿，好好准备马具，因为我自己身体稍有些不适，心烦意乱得很。"

侍从赶紧把主人的意思让手下人知道了，于是他们这便动身上路了。没过一会儿，提伯特骑士和他的妻子也起床，漱洗完毕，准备赶上之前出发的家仆。侍从于是叠好了亚麻床单。现在仍是温暖而美丽的清晨时分，这三人一起穿过城镇的大门，除了全能的上帝，再无其他人等。他们来到了森林前，发现有两条路，一条平坦好走，另一条坑洼难行，于是提伯特骑士对他的侍从说道："给马上马镫，好让它快快行进，追上我们的人。让他们在前面等待我们到来，因为让一位骑士携夫人，不带随从穿过这样一片森林可太不妥当。"

仆役飞快地走了，而提伯特骑士便走进了森林。他在两条道路的分岔口前拉住缰绳，不知道该选哪条。

"夫人，"他问，"我们该选哪条路？"

"上帝保佑，选好走的那条吧。"她回答说。

在这片森林里，住着一群剪径大盗，他们专门在好走的那条路上打劫。这看上去宽阔平整的路，实际上就成了错误的道路，而朝圣者们就会错选歧途，陷入困境。提伯特骑士下了马，他将两条路看了又看，发现那条错路确实比那条正确的路要宽阔平整。于是他大声说道："夫人，现在走这条道路吧，以上帝的名义，这就是了。"

他们沿着这条路走，走了不到四分之一里之后路变得狭窄难行，路旁树木的枝条盘根错节，遮天蔽日，小路变得极为阴暗。

"夫人，"骑士说道，"我怕我们这一路将是不太顺利了。"

说着这话，他往前方一看，见到四个带有武器的盗匪，端坐在四匹强壮的马驹上，每个人手里都拿着长枪。他又往后头一望，哎，却看见另外四个埋伏的强盗，也带着武器，于是他说："夫人，接下来你不管看见什么，皆不要害怕。"

提伯特骑士仍然彬彬有礼地向正拦在路中的强盗致意，可是他们并未作回应。接下来，他又询问，他们意图为何。其中一个强盗回答说，他这就要知道了。说话的这个强盗，靠近了提伯特骑士，张臂挥剑，想要将他砍成两截。眼看大剑就要落下，即使骑士心存怯意，也毫不为奇。但提伯特敏捷地向前一跃，用尽全力，这样敌人的剑便砍了个空。之后正当强盗站立不稳的时候，提伯特骑士狠狠抓住他，把剑从他手里抢了过来。骑士顽强地向着三个最先朝他冲来的盗贼迎上去。骑士先击中最前面那个盗贼的肚子，让他痛苦地倒下了。其后他转过身来对付那个第一个拿剑来袭击他的盗贼，用剑砍杀了他。哎，当骑士已经除掉这群盗贼中的三个后，眼见着剩下的五个都包围了他，还杀死了他的马，可谓天降噩运。提伯特骑士仰面倒下，跌在地上，不过还未受伤。他现在既没有刀剑，又失去了马具，便什么也做不了，只能束手就擒。盗贼们将他的衣服脱去，直至只剩一件内衫，又夺走了他的靴子和袜子，用肩带将他的双手双脚绑在一起，将他扔进一片又粗又壮、极为锋利的荆棘丛中。做完这些，他们又转头马上来到夫人那里，夺走了她的马驹、外衣，甚至是裙衫。夫人长得美丽动人，哭得梨花带雨，伤心的样子我见犹怜。现在，胆大的强盗中的一个正盯着夫人看，发现她极为美貌。于是他便这样对同伙说道："伙计们，这场打斗中我失去了我的兄弟。所以我要求拥有这个女人，以偿还他的血债。"

可其他人回答道："那么我也死了亲戚呢。那我也要求和你同样的权利，我们的权利是相等的。"

第三个强盗这么说了，接着第四个、第五个也这么说了。最后一个则是这样说的："留着这位夫人，既麻烦又没有什么好处。让我们先将她带到森林中去，尽情享用她，然后再将她丢在路上，随她去吧。"

所以这伙盗贼就按最后的提议这么做了，完事以后把她扔在了路上。

提伯特骑士见妻子被这样对待，心里又惊又怒，可他也无能为力。对于她的不幸失身，他并不对她怀恨在心，因为他清楚，她是被外界强力所迫，并非自愿。当他再次看到她，她正苦苦哭泣、羞辱难当，他对她说道："夫人啊，为了上帝的爱，请给我松绑，把我从正遭受的痛苦中解脱出来吧，因为这些荆棘如此锋利，我已经疼痛难忍。"

夫人赶紧跑到提伯特骑士躺着的地方，发现有一把剑藏在灌木丛背后。这把剑是一个被杀的强盗的。她拿起长剑，走向她的丈夫，心里由于她所受的折磨与耻辱忿恨无比，充满恶毒心思。她非常害怕，因为她遭受侮辱的时候，丈夫已然目睹一切，有一天会瞧不起她，求全责备，对这发生过的一切报以恶意嘲笑，她因此说道："夫君，你现在可解脱痛苦了。"

她举起长剑，向她的丈夫走近，考虑着要怎样从正中砍中他的身体。骑士瞥见长剑落下，想着此命休矣，因为他此刻赤身裸体，除了内衫和袜子，全身一丝不挂、毫无防护。他颤抖得这样厉害，以至于绑着他的绳索都松开了，而夫人的一击也太轻，以至于她根本没伤到他什么，倒是把那根捆着他的肩带砍开了。于是骑士把绑在脚上的绳子松开，一瘸一拐地大声嚷道："哎，夫人，看在上帝面上，今天吾命还不该休。"

她答道："哎，夫君，这我可觉得太可惜了。"

提伯特骑士夺下长剑，将其插入剑鞘，之后握着夫人的肩膀，就顺着他们来的那条路往回走了。走出森林以后，他就发现了自己的一大帮随从，正在那儿等他呢。他们看见领主和夫人如此狼狈、衣冠不整，就询问道："老爷，你们是怎么弄成这样的？"

他命众人靠在路边，告知他们，自己是落到歹人手里了，备受折磨。

仆役们听了都深深地叹息，他们赶紧从行囊中取出衣物，给他们穿戴整齐，因为他们出发时候带了足够的衣物，这样就有多余的衣服分给衣不蔽体的提伯特骑士了。之后他们便骑上马，继续赶路。

在他们后来继续赶路的旅途中，提伯特骑士并未因为之前发生的一切对夫人显示出一点怨恨之情。夜幕降临时分，他们终于抵达一个怡人的小镇，就寻找旅店住宿一晚。提伯特骑士向店主打听道，附近可有女修道院，以容一位夫人歇脚。店主这样告诉他："老爷，还真是顺你的意，城墙外面就有一座高大气派的修道所，里面修女众多。"

第二天提伯特骑士前往这座女修道院，听了弥撒。之后他就和院长嬷嬷及其下属谈了一会儿话，请求她们能允许他把夫人留在这儿，直到他回来。她们欣然同意了这一请求。于是提伯特就将夫人留在了这儿，又留下自己的一些仆人，以便伺候她，接着就继续上路，以求圆满完成这趟朝圣之旅。

当提伯特骑士在圣地完成祭拜，也为圣人献上了敬礼后，他就返回了修道院，来到夫人身边。他捐赠了大笔财富给女修道院，并携妻子一道返回了自己的国家，此时，他仍是同开始跟她一道出发那样，欢欣鼓舞又自豪光荣。只是，他们两人从那之后再没有同房了。

王国境内的百姓听闻提伯特骑士回来，都欢欣鼓舞、高兴不已。庞蒂厄的伯爵，即他妻子的父亲，连同他的舅父，圣保尔的伯爵，也位列庆贺的人群中。许多受人尊敬又勇敢的骑士都参加了他的欢迎宴会，一大群贵妇和少女也来庆贺夫人归来。在那天，庞蒂厄伯爵在饭桌前与提伯特骑士坐在一起，与他在同一个盘子里一起进餐，之后伯爵对他说道："提伯特，亲爱的儿子，你现在可是在外行万里路、见多识广的人了，这就比那些坐在火炉前没见过世面的人要强。现在我请你告诉我，你离开我们之后，在外面见到或听到的一个精彩故事。"

提伯特简短地回答说，他没有什么故事值得讲的。可伯爵不肯罢休，一个劲地请求他，求他赏脸，无论如何要讲一个。提伯特不得已让步了。

"老爷，既然我必得讲，那么我就在这儿讲个故事；可是这个故事你们自己听见就好，请不要传出去，因为这故事的目的并不是娱人耳目。"

伯爵回答说，他绝不忤逆骑士的心愿。于是等待餐毕，众人酒足饭饱以后，伯爵从椅子上起身，牵着提伯特骑士的手，请求道："现在请告诉我你要讲的那个故事吧，因为房间里已没有外人了。"

　　提伯特骑士接着就开始讲述发生在一名骑士和一位夫人身上的遭遇，正如我告诉过你们的那样，原原本本娓娓道来，他仅仅没有对当事者指名道姓而已。伯爵为人睿智，稳重周全，就问起那骑士与夫人后来怎么样了。提伯特答道，骑士携夫人一道原路返回了，还是与出发前同样的欢欣而虔敬，只是他们后来就不再同房了。

　　"提伯特，"伯爵说，"换成是我，处理这位女士的方式可与你提到的这位骑士处理的方式大相径庭。对上帝发誓，我会将这位夫人用她自己的头发吊死在一棵树上。要是找不到合适的绳子，用她裙衫上的系带也行。"

　　"老爷，"提伯特骑士说道，"这会儿我说的故事你可听到了。但要确证真相，还得那位女士作证，并亲口起誓。"

　　"提伯特，"伯爵说道，"你知道这位骑士的名字吗？"

　　"老爷，"提伯特大声说道，"我请求你，不要逼我说出这位厄运降临其身的骑士名字。知道他的名字，不会带来任何益处呀。"

　　"提伯特，"伯爵说，"我执意要求知道他的名字，不要隐瞒。"

　　"老爷，"提伯特回答说，"我只好告诉你，因为不这样你是不肯罢休的。可是请你记好了，我是不得已说出的，因为如果不是你执意要知道，我本来可以就此事体面地保持沉默，因为把这事儿讲出来，这可既不荣誉又不光彩。"

　　"提伯特，"伯爵回答道，"毋须多言，赶紧把这桩故事当事者骑士的名字告诉我吧。以上帝的名义起誓，既然你已然知晓，就告诉我名字，让真相大白吧。"

"老爷，"提伯特回答道，"你如此执意，让我以上帝的名义如实回答，那么我只好听命。现在请你听好了，我，确信无疑，便是这桩厄运的当事人。此事发生后，我一直觉得深深困扰，内心极为忧虑。可你要知道，我从来也没有向第二个活人讲过此事，而如果这也是你希望的，我从此以后也愿意就此事保持缄默。"

伯爵听到这番奇事，他先是被震惊得说不出话来，后来就极为沮丧不安。他长久沉默，不发一言，最后说道："提伯特，真的是我的孩子做出这桩事情的吗？"

"老爷，事情正是如此，千真万确。"

"提伯特，"伯爵说，"你现在可为此事讨回公道了，因为你已然把她交到我手上了。"

伯爵的怒火越来越不可抑制，便径直去找他的女儿，质问她提伯特所说的这些事是否属实。

女儿问起他所指控的究竟是何事，她的父亲这样答道："你曾试图用长剑砍杀他，正如同他告诉我的那样，对不对？"

"老爷，确实如此。"

"你为了什么原因要杀死你的丈夫呢？"

"先生，因为彼时他要是继续活下去，我可就太难受了。"

伯爵听到女儿这些话，便没有再问下去，沉默无语了好一会儿，直至客人纷纷离开。客人都离去之后，伯爵挑了个日子来到海边港口，一起来的还有提伯特以及他自己的儿子。提伯特的夫人也跟着去了。在那儿，伯爵令人备好了一艘坚韧牢固、速度又快的船，命令女儿上了船。他又派人在船上准备好了一个未开封的木桶，体积庞大，坚硬无比。三位领主也上了船，除了下方摇桨的舵手，别无其他随从。伯爵命令水手将船驶到海上，所有人自然对他为何这样做有所疑问，可谁也不敢进一步问他任何问题。当船行驶到距离陆地很远的时候，伯爵命人将木桶一端打开。他抓住那位夫人，他自己那如此娇嫩美丽的女儿，不管她乐意与否，将她一把推进木桶之中。之后他下令将桶的一头用木头棒封得牢牢的，水怎么样也淹不进去。完事之后，他把木桶拖到甲板边上，亲手将其推入海中，说："现在我把你的命运交付给海风和海浪了。"

提伯特骑士看到这一幕，心情自然是沉重不已，而夫人的异母兄弟以及目睹这全过程的人们，也觉得十分难过。他们跪倒在伯爵身前，请求他大发慈悲，将她从桶里放出来。可他怒火正盛，不管他们如何劝说，就是听不进他们的请求。至此他们只好由他去，转而祈求天父，愿我主耶稣基督以他最甘甜的怜悯之心大发慈悲，保佑她的灵魂，宽恕她的罪行。

正如我前面所说，船驶回了陆地，夫人则被留在万劫不复的痛苦困境中。可至高至上、怜爱众生的我主耶稣基督，终究不愿看到任何一位罪人死去，而更愿看到他们浪子回头、救赎感化——正如我主每一天皆身体力行，对我们言传身教，以奇迹说服人们那样——因而救了这位夫人一命。一艘从佛兰德斯驶来的船，满载货物，发现了这只桶在大海上随波逐流地漂荡着，这个时候伯爵等一行人等都还没上岸呢。其中一位商船水手对他的同伙说："朋友们，看啊，有一只木桶，正朝我们这边漂来，如果能捞到的话，没准能给我们带来些好处呢。"

这艘商船依着惯例，是要在撒拉逊人的地盘与他们交易往来的。水手们齐心协力划向木桶，半靠巧劲，半靠力气，终于成功将木桶弄到甲板上来。商船水手看着木桶，非常好奇里面究竟是什么，因为他们发现木桶的封盖是新近封上的。他们打开了封盖，发现里面有一位奄奄一息的女子，因为没有空气，差点就要被闷死了。她的躯体让人觉得恶心，脸庞浮肿，双眼惊恐地瞪着。当她重新呼吸到新鲜空气，经受海风轻柔的吹拂以后，她才叹了一口气。商船水手围成一圈站在她身旁，关切地向她询问，可是她却无法开口。直至最后，她似乎能够说话了，对周遭人的问询有所回应。她开始跟那些好奇询问她的水手说话了：首先，她对与他们相遇惊叹不已，尤其是当她发现，救她的全是基督徒水手时，她就更加放心了。她要在心底虔诚地赞颂耶稣基督，感谢他仁慈博爱，使她免于死亡。对于过去的罪孽，她是心有悔悟的，深深地忏悔她对别人犯下的罪行，并且尤为惧怕公正的审判降临到头上。商船水手又问起夫人从哪儿来，她如实告诉他们说，正如他们也许能一眼发现的那样，自己是罪孽深重的可怜的罪人。她将发生在自己身上的不幸原原本本说了出来，又祈求他们能可怜可怜她这样痛苦悲惨的女子。众人回答说，他们一定照做。这样，恢复进食后，她就终于变得像原先那样美貌了。

现在这艘商船行驶得非常远，来到了一个异教徒的王国，并泊在了奥玛瑞港口。一船船的撒拉逊人上前来与他们做生意交接，水手们回答说他们是往来于多个王国之间、做各种生意的货商。商船水手们还向这些撒拉逊人出示了各个国家各个王公贵族颁发给他们的过关条文，以保证他们能高枕无忧地出入这个国家，好买进卖出货物。这样商船水手们就在这个港口登陆了，跟他们一起的还有这位夫人。他们互相商议，该怎么处置她。有一位主张将她卖作奴隶，可他的同伴则建议，将她作为行贿礼品，送给奥玛瑞这里富裕的苏丹王，这样他们的生意就能更顺利地展开了。全体人都同意了这个提议。于是他们将夫人重新打扮了一番，让她穿上绣花裙袍，将她献到苏丹王面前。苏丹王是一位好色的年轻人。他兴高采烈地接受了这一礼物，因为夫人实在是美丽动人。苏丹王还问起她究竟是何人。

"国王，"商船水手回答说，"我们知道的也不比你多，不过她到我们这儿来的方式确是很特别的。"

苏丹王是如此中意这份礼物，以至于他在自己权力范围内最大限度地给予了商船水手们各种帮助。他也十分怜爱照顾夫人，给予了她最高的待遇。他的怜爱照顾是如此上心，以至于夫人一天比一天美艳动人了。苏丹王拜托那些精通外语的人，向夫人询问她的家乡和族裔，可她在这点上从不透露半分。而他则比过去思虑更多了，因为他知道，她很可能是一位出身世家的贵族女子。他问她，她是否是基督徒，并承诺，若是她拒绝她的信仰，他就娶她为妻，因为自己尚未婚娶。夫人则清楚地知道，以爱感化比以武力逼迫更为见效；于是她答道，她的主人信仰什么，她就跟着信仰什么。这样她就背弃了自己的信仰，拒绝了基督教教义，苏丹王立刻根据异教徒国度的风土习俗，娶她为妻了。他对她无比怜爱，尽心竭力照顾她，对她的爱与日俱增。

过了些时日，这位夫人就像其他普通女子一样怀孕了，诞下一个儿子。苏丹王欣喜万分，心满意足又得意扬扬。夫人那方面呢，也极为受她夫君所辖王国的臣民的爱戴。她彬彬有礼，温婉和顺，现在人们开始教她说撒拉逊语了。诞下麟儿没多久，她又生下一个女儿。随着年岁渐长，这女孩也出落得美丽动人，受的也是最隆重尊贵的、与苏丹王的公主相称的养育。就这样，有将近两年半的时间，夫人就一直居住在异教徒王国，生活安逸快乐。

好了，现在先撇下夫人以及她的夫君苏丹王的遭遇不讲，让我们回到庞蒂厄的伯爵、伯爵之子，以及多马尔的提伯特骑士那里。提伯特骑士一直在悼念他那如前所述被扔到海里的妻子。未得到她的任何消息，他自然认为她已经离开人世。现在继续这边的故事——我说的句句属实，绝无虚言，上天可证——伯爵连同他的儿子以及提伯特骑士现在在庞蒂厄。伯爵极为伤心，因为他怎么也没法忘掉他的女儿，而且为自己对她所犯下的大错，他也哀叹不停。因为妻子遭此大难，提伯特骑士过后也不敢另娶。伯爵之子也未婚娶，也无任何受封骑士的意愿，尽管他已经长到一定年纪，而这个年纪的年轻人，对此类事项一贯是放在心上的。

这天，伯爵深深地思考着他对自己骨肉犯下的罪行，决定找兰斯大主教来做忏悔，祖露悲伤，亲自告诉主教他所犯下的罪行。最后他决定远行海外，朝觐圣地，而且同时还要将十字架绣在自己的外衣上。当提伯特骑士得知他的领主，伯爵大人，要戴上十字架时，他也找人做了忏悔，并下了同样的决心。而当伯爵之子知道父亲及他所敬爱的提伯特都有此愿的时候，他也戴上十字架，追随他们。伯爵看到儿子衣服上的十字架，自然是非常不安。

"亲爱的儿子，你都做了些什么啊，现在这个领地要没有继承人了！"

儿子回答说："父亲，我戴上这一标志，首先并自认最重要的，是为着对上帝的爱；其次也是为了我自己灵魂的救赎，以便我能侍奉上帝，只要自己一息尚存，就要将他的教诲，尽我的全力发扬光大。"

伯爵于是将王国事宜托付给妥当的人手打理。他殚精竭虑，确保万事妥当，便与朋友们道了别。提伯特骑士与伯爵之子也打点好了自己的事宜，于是三人就带着一大群随从出发上路了。他们来到海外的圣地，一路安全顺利，也未遭受盗袭。在那儿，他们几乎朝拜了每一处神迹圣地，只要偶尔耳闻当地人说彼地适合尊奉神迹。伯爵把该做的都做完之后，觉得还有一件事需要完成。他带领一众人等，来到一间神庙，并在其中修行了一整年。一年之后，他才提议回家时候已到。他派人去阿克地区，打造了一艘合适的船只。他又与圣殿骑士团以及彼地的其他领主告辞，而他们对这一行人表现出的虔敬尊奉上帝的精神也赞赏不已。伯爵一行来到阿克后，他们上了船，借着港口的一阵顺风便上路了。可是他们这航程绝非一帆风顺。当他们行驶到海面上时，一阵猛烈强势的风暴突然降临，水手失去了方向，时刻担心着下一刻就会淹死在海中。情境是如此的危急，以至于最后他们不得不根据站立位置，用绳索互相捆绑，儿子绑着父亲，叔叔绑着侄儿。伯爵、他的儿子，以及提伯特骑士三人绑在一起以共享命运，不管是凶是吉。绑完以后没多久，他们就看见了陆地，于是询问船员是到了哪儿。船员回答说，这片土地属于异教徒，被称作奥玛瑞王国。他们问伯爵："爵爷，现在你想要我们怎么做？如果上岸，我们一定会被俘虏，落到撒拉逊人手里。"

伯爵回答道："我自然不想如此，可是让我们遵循耶稣基督的旨意吧。就让这船以我主认为合适的方式开过去，而我们也将我们的身体性命托付给我主，他会照料一切的，因为若是在这片海中淹死，那真是最可怕、最不体面的死法。"

于是他们便顺着奥玛瑞海岸边上的风向岸边驶去；自然，撒拉逊人的大批帆船战舰从港口驶出，对付他们。登岸之旅可不愉快，因为那些异教徒们羁押了他们，把他们带到统治那个王国的苏丹王面前。撒拉逊人将这些基督徒以及他们的财物都悉数献给苏丹王作为礼物。苏丹王则命令将这群人拆散，羁押在不同的地方、不同的监狱。可由于伯爵、他的儿子以及提伯特三人，之前被捆得牢牢的，苏丹王便下令将他们一起关入地牢，每天只给他们很少的食物和水，惨无人道。一切均照苏丹王的旨意执行。他们在监狱里被关押了一段时间，直至伯爵的儿子最终生病了。他病情严重，伯爵和提伯特骑士都开始担心他或许会因病不久于人世。

这时，苏丹王的生日将至，要举行一场宫廷聚会了，因撒拉逊人传统即是如此。众人酒足饭饱之后，撒拉逊人站在苏丹王面前，说道："国王，我们要求我们应得的那份权利。"

苏丹王问，他们要求的是什么。他们回答道："国王，我们要一位基督徒俘虏来做我们的箭靶子。"

苏丹王听见这个要求，并未多想，认为是小事一桩，就说："那么你们现在去监狱，把那个病得最重的俘虏带出来吧。"

异教徒飞快地来到地牢，带来胡子邋遢、衣衫不整、精疲力竭的伯爵。苏丹王看见他如此落魄潦倒，就对他们说："这个男人要活不久了；你们把他带去，任你们处置吧。"

而苏丹王的妻子，正是我之前跟你们提过的那位，即伯爵的女儿，恰好也在宫殿内，正看见撒拉逊人抓着她的父亲要屠戮他呢。她眼光一落在他身上便大惊失色；这与其说是因为她认出了自己的父王，毋宁说是因囚徒的惨状深深打动了她的怜悯之心。于是夫人对苏丹王说道："夫君，我也是法兰西人，想与这位死囚犯在被处死之前说会儿话，可以吗？"

"夫人，"苏丹王答道，"不胜乐意，悉听尊便。"

于是夫人来到伯爵面前。她把他拉到一边，命令其他的撒拉逊人退下，就问起他从何处而来。

"夫人，我是从法国来的，一个叫庞蒂厄的地方。"

夫人听到这里，她的心头一紧。她马上急切地询问他的名字及族裔。

"说实话，夫人，我早已忘记了我父亲的家世，因为自从我去国离家，我已遭受了千辛万苦，真是生不如死。可是你要知道，我——就是你眼前这个跟你说话的男人——曾一度是庞蒂厄的伯爵呢。"

夫人听到这里，表面上仍不动容。她离开了大厅，来到苏丹王面前，说道："夫君啊，如果可以，请将这个囚犯作为礼物送给我吧。他知道怎么下象棋和跳棋，还能讲许多神话故事以娱耳目、以慰人心。他可以在你的面前表演，我们可以靠他的技巧取乐。"

"夫人，"苏丹王答道，"我也非常乐意把他送给你，你想拿他怎么做就怎么做吧。"

于是夫人就收下了俘虏，将他安置在自己的卧房内。看守们为顶他的缺，又把提伯特骑士——也就是夫人的丈夫——带了上来。他被带出来的时候也是衣衫褴褛、胡子拉茬、以发蔽体。他瘦骨嶙峋，看上去是经历了长时间的、各式各样的苦难折磨。夫人一看见他，就向苏丹王说道："夫君啊，如果可能，我也能与这位说上几句话取取乐吗？"

"夫人，"苏丹王答道，"悉听尊便。"

夫人就来到提伯特骑士面前，询问他是从何处来。

"夫人，我与之前那位从监狱被带走的老伯爵来自同一王国。我娶了他的女儿，也在他麾下作为骑士侍奉。"

夫人马上认出她的夫君，于是她转向苏丹王，对他说："夫君啊，你能否大发好心，把这个俘虏也送给我，供我驱遣？"

"夫人，"苏丹王说，"我将乐意至极把他送给你。"

夫人高兴地谢过他，将这份礼物也安置在她的卧房，与之前那位一起。

几名弓箭手凑了过来，聚拢在苏丹王面前，说道："老爷，你可对我们太不公了，现在天色已晚，我们却一无所获。"

他们径直走向牢狱，将伯爵之子带了上来。他也衣衫褴褛、肮脏不堪，似乎多天都没洗漱了。他年纪轻轻，几乎连胡子还没有长出来。可即使年轻如斯，却是面黄肌瘦，皮包骨头，身患重疾，几乎站都站不起来。夫人一看见他，顿生怜悯之心。她来到他跟前，询问他是谁家子嗣，从何而来。他回答说是那位第一个被带出牢狱的贵族的儿子。于是夫人马上明白，这是她的兄弟。可是她对他还装成陌生人的样子。

"夫君，"她对苏丹王说道，"如果你能将这个俘虏赠送于我，那你对妻子的体贴仁爱之心可真是无人能出其右了。他既知道下跳棋和下象棋，还知道其他很多娱人耳目的小把戏呢。"

苏丹王再次回答道："夫人，以我们神圣的法典起誓，如果有一百个这样的俘虏，我都会乐意将他们赠予你的。"

夫人衷心地感谢夫君，然后便将俘虏妥善安置在自己的卧房里。撒拉逊人再次到监狱里拉来一个囚犯，不过这回夫人看了看他的脸，就将那可怜人交由上天处置了。这样此人便戴上殉教者宝冠，我主耶稣基督也将收留他的灵魂。夫人不忍看行刑现场，因为看了基督徒被异教徒屠戮只会徒添悲伤。

夫人来到自己卧房。看到她进来，三位囚徒都站了起来，但夫人对他们示意，让他们坐着就好。她靠近他们，尽量表现得亲切友好。而聪明的伯爵很快问道："夫人，他们什么时候杀我们呢？"

夫人回答说，他们的大限还没到。

"夫人，"他说，"如果这样我们则更加难受了，因为我们现在太过饥饿，不用多久我们的灵魂就会离开身体。"

夫人出去了，命令下人准备好饭菜。她亲自端着饭菜进来，给每个人分发了一点，又给他们每人一点水喝。他们吃完以后，反而比没吃之前更饿。以这种方式，她就一点一点地喂养他们，一天进食十次，因为她知道，若是让他们放开享用，恐怕会暴饮暴食而死。因此她是让他们一天一天逐渐地放开斋戒。前面七天，夫人都是照这个斋戒计划做的，到晚上，她还体贴地看护他们，让他们自如轻松地躺下休息。她扔掉了他们身上的破烂衣服，而给他们穿上得体合适的衣裳。一个星期过去以后，她再让他们尽情地享用食物酒水，想吃多少就吃多少，这样俘虏们就再次恢复了力气。他们有时下象棋，有时下跳棋，玩得不亦乐乎、心满意足。苏丹王也经常同他们一道。他观摩他们下棋，自己也从中得到极大快乐。但夫人对于身份一事仍非常谨慎：没人，无论是从言语还是从行为能看出，他们从前认识。

俘虏认亲这桩事情过后不久，苏丹王似乎也碰到了麻烦，因为另一位大苏丹在他的领地杀伤抢掠，损害了他不少利益。为了讨还公道，苏丹王下令从王国各地召集他的所有战船，组成了一支强大的战队。夫人得知此事，便来到俘虏们所在的卧房，坐在他们中间，抬起手来，说道："先生们，你们已经告诉了我你们的一些来历，现在让我来确认，你们是否真是堂堂正正之男儿。你们各自告诉我，在你们的国度，你曾是一位庞蒂厄的伯爵，而这位先生又娶了你的女儿，这位又是你的儿子。要知道，我可是撒拉逊人，擅长星象，所以我要清楚地告诉你们，如果你们隐瞒真相，你们此时此刻就非常可能卑贱地死去。你的女儿，也即这位骑士的妻子，她身上有何遭遇？"

"夫人，"伯爵回答道，"我想她已经死了。"

"她的死是所为何事？是如何死去的？"

"哎，她现在应必死无疑，"伯爵答道，"因为这是她罪有应得呀。"

"那么，告诉我，她是如何罪有应得的？"

于是伯爵开始涕泪横流地讲述，她是如何结婚的，又是如何一直未有子嗣；她的丈夫——那位好骑士是怎样宣誓，要完成一趟尊奉加利西亚的圣雅各的朝圣之旅，她自己是如何祈愿，希望她能一起跟着去，而他又怎样欣然同意。他们一开始上路是怎样的欢欣喜悦，直到在森林里落单，遇见强大的匪徒，袭击他们。她的丈夫——好骑士是怎样势单力薄对抗搏击，终于寡不敌众。可虽然如此，他仍除掉了三名匪徒，剩下的五个杀了他的马，将他脱得几乎一丝不挂，并将他的手脚绑在一起，扔进荆棘丛生的灌木里。他们又蹂躏夫人，偷去她的马驹。当他们看到夫人是如此美丽，垂涎她的美色，每人都蹂躏了她。他们达成一致，她应由全体享用，这样他们就不顾夫人的反对，对她任意妄为后离开了，留下她一人痛苦哭泣。那位好骑士目睹了这一切，但仍彬彬有礼地请求她将绑在他手上的绳索解开，以便从森林中逃离。可夫人发现了一把被她丈夫杀掉的盗匪留下的剑。她手持这把长剑，跑到丈夫躺着被缚的地方，愤怒地喊道："你已经解脱了。"然后她举起出鞘之剑，朝他的身体砍去。但凭借上帝的慈悲与这位骑士的勇力，她正好将缚着他手的绳索砍开，将他解脱了出来。他则一跃向前，身上带着伤，喊道："夫人，以上帝的名义，你今天可不能用那把剑将我砍死。"

听到这里，美丽的夫人，苏丹王的妻子突然说道："啊，先生，你已经如实将事情的来龙去脉道个清楚，而她为何要砍杀她丈夫，在我看来也十分清楚。"

"为了什么呢？夫人。"

"毫无疑问，"她说，"是为了落在她头上的奇耻大辱啊。"

听到这里，提伯特骑士热泪盈眶，说道："哎，可她在这整桩邪恶行径中又有什么过错呢！我如果向她流露出半点怨恨不满的神色，那就叫上帝永远也不要放我出监狱吧，因为这桩恶事并非她本人所愿啊。"

"先生，"夫人说，"她惧怕的是你的指责。可现在告诉我，在你看来，她是已然死去还是尚在人世？"

"夫人"，提伯特骑士说，"我们对此事一无所知。"

"哎，我只知道，"伯爵大声说道，"因为我们对她犯下的大罪，我们至今仍如坐针毡，不得安宁。"

"那么如果上帝开恩，她还活着的话，"夫人继续问道，"并且消息来源确凿无疑，你们又会怎么说？"

"夫人，"伯爵说道，"那么现在逃离地牢、重获自由的快乐，或者给予我此生从来没有得到过的、富可敌国的财富的快乐，都比不上得知我女儿仍然在世的快乐。"

"夫人，"提伯特骑士说道，"即使人们封我为君临法兰西的国王，上帝能赋予我的快乐与慰藉也不如得知她仍在世的喜悦。"

"这点确凿无疑，夫人，"唐瑟兰，也就是她的兄弟说道，"如果我知道那位如此美丽善良的姐姐仍在人世的话，那真是世界上最快乐的事了。"

夫人听到这些话，她的心中充满了柔情。她先称颂上帝，衷心感谢他，然后对他们说道："你们可要保证，说过的话绝无虚言。"

他们回答：绝对口无虚言。于是夫人开始流下喜悦的泪水，并对他们说："先生，现在你可以确认，你是我的父亲无疑，因为我就是那位曾遭受你如此严苛的正义制裁的女儿。至于你，提伯特骑士，是我的夫君；而你，唐瑟兰骑士，则是我的兄弟。"

之后，她就向他们详细诉说了她后来是怎样被一群商船水手发现的，他们又是怎样将她作为礼物送给苏丹王的。他们三人都喜出望外，欢欣雀跃，同时格外谦卑地对待她。可她让他们不要如此喜形于色，说道："我是一个撒拉逊人，已经摒弃了我的信仰；不然我就不会站在这儿，而是已然离世了。因此我恳求你们，不要去管眼下看到的、听到的一切，只要你们还爱惜生命，想要更长久地保命，就不要对我流露出半分情感，在我面前还是要装成陌生人的样子，让我来解决这个难题。现在我要让你们知道，为何我在你们面前袒露身份。我的夫君，即苏丹王，现在要去打仗了。我非常清楚地知道，提伯特骑士，你是位勇敢顽强的骑士，我会请求苏丹王，让他带着你去战场，那时可就是尽情展示你的勇猛威武的时刻了。请确保你是如此竭尽全力为他战斗，以至于他只会对你感恩戴德。"

夫人说完之后就离开他们，来到苏丹王面前，说道："夫君，如果你允许，我的一位俘虏也想跟着你去战场，为你献力。"

"夫人，"他回答说，"我也许不敢将信任交付于他，怕他可能会为了报复，对我不利。"

"夫君，他是不敢两面三刀的，因为我手上有他的同伴作为人质。"

"夫人，"他说，"既然你这么说，那么我就带着他，我也会给他配上好马以及精良装备，骑士该有的行头他都会有。"

夫人径直回到房间，对提伯特骑士说道："我已经劝说苏丹王带你去战场。请英勇奋战吧！"

她的兄弟听到了，也俯身在她跟前跪下，恳求她，让她也请苏丹王带自己去战场。

"这我可做不了，"她说，"不然事情就太明显了。"

苏丹王策马出发去解决战事了。提伯特骑士跟着他，遇上了敌人。苏丹王依照承诺，已经给骑士配备了好马及精良装备。幸好耶稣基督从不辜负那些对他抱有信仰盟誓的虔诚信徒，提伯特骑士在战场上表现英勇，以至于没过多久，苏丹王的敌人就纷纷屈膝投降。苏丹王对他手下这名骑士的表现及他带来的胜利大喜过望，而且他凯旋回朝时又带了大量的俘虏。

归来以后，他径直找到夫人，说道："夫人，以我国律法起誓，你那位俘虏的表现让人赞不绝口，因他在我麾下作战，战功实在显赫。只要他摒弃他的信仰，改信我国宗教，我就将赐予他良田无数，还会安排他一门能娶上我国富贵女子的好姻缘。"

"夫君，我不清楚，不确定他会不会同意。"

这桩事情便没有再被提起；可是夫人尽可能地打理好内务事宜，之后来到囚徒这边，说道："先生们，行事千万要小心，这样撒拉逊人就不会知道我们的秘密；因为上帝在上，我们还没有顺利返回法兰西及庞蒂厄呢。"

有一天，夫人来到苏丹王面前，显得花容失色，不断唉声叹气。

"夫君，我近来身体状况有异。自从你去战场以后，我觉得自己好像身体抱恙，尤其食不知味。"

"夫人啊，虽然你身体虚弱，我理当忧心忡忡，但看来你是怀孕了，为着这点我又真是高兴。来吧，考虑一下，然后告诉我什么事情能让你感觉更好一点，而我不惜任何代价也要为你实现愿望。"

夫人听到这里，暗自狂喜，心怦怦直跳。什么也无法让她快乐起来，除了这件事，她说："夫君啊，我的那位年长的俘虏说，除非我能马上再次呼吸到我家乡的空气，否则我恐怕会死掉的，因为我已经命不久矣。"

　　"夫人，"苏丹王说，"我可不愿让你死去。去计划一下，然后告诉我你要去哪儿，我好做安排。"

　　"夫君，对我来说，只要是出了这儿的城，去哪里都一样。"

　　于是苏丹王令人准备了一艘船，华丽又坚固，上面载有充足的、享用不尽的食物供给。

　　"夫君，"夫人对苏丹王说，"我要带上我的那些俘虏，包括那个年老的，也包括那个年轻的，这样他们就可以陪我下跳棋、围棋，供我取乐；而能够带上儿子也会让我心意舒畅呢。"

　　"夫人，"他回答道，"只要是你的愿望，我将无不满足。不过，剩下那第三个俘虏，你要怎么办呢？"

　　"夫君啊，你觉得如何处置合适就如何处置吧。"

　　"夫人，我希望你能带着他上船，因为他非常勇敢，无论是在陆地还是海上，危急时分需要他的保护，他都将护你安全。"

　　于是夫人与苏丹王告别辞行，而他也急切地请求她，病情一有好转就马上回来。现在所有供给都已运上甲板，一切准备就绪，众人走进船舱，从港口起航。一阵顺风飘来，他们顺着风势，走得很快。船员于是找到夫人，对她说："夫人啊，这阵风正将我们的船吹到布林迪西。你是愿意在那儿上岸还是继续航行去别处？"

　　"就让船大胆地前进吧，"夫人对他们说，"因为我的法语很流利，也能说其他外语，我会保你们万无一失。"

他们便日夜兼程，不停赶路，终于顺着我主的旨意，来到了布林迪西。船只顺利地泊在港口，他们便上了岸，并受到当地人的欢迎。夫人精明而周到，将俘虏们叫到一边，说道："先生们，我请你们回想起你们之前的旦旦信誓。现在，我必须再次确认你们是言出必行的真正男儿，誓言和许诺不得违背。现在我请你们以上帝的名义发誓，告诉我你们是否将遵守誓言？因为现在要我返回家国还不太晚。"

三人回答道："夫人，毫无疑问，之前订立下的誓约我们将执行到底。以我们对上帝的信仰和基督徒的名誉起誓，我们将遵守约定；所以不要再怀疑我们的决心了。"

"那么，我将完全信任你们，"夫人回答，"可是，先生们，我还有我的儿子，是与苏丹王所生，对他又该怎么办？"

"夫人，你的儿子若踏上我们的国家，将大受欢迎，也将被赋予荣耀对待。"

"先生们，"夫人说，"哎，我对不住苏丹王，不仅己身从他那里逃离，而且还掳走了他如此心爱的儿子。"

夫人于是走到船员那里，款款举起她的手，对他们说道："先生们，请顺着原路回到你们的主人苏丹王那里，并带给他这样一条消息吧。告诉他，我从他那里夺走己身，并且也带走了他心爱的儿子，可是我这样做是为了将我的父亲、夫君和兄弟从关押的牢狱里解救出来。"

水手们听到这些话，当然也是非常悲伤。可他们也一筹莫展，只好心情沉重地开船返乡，因为他们失去了一直非常爱戴的夫人和年轻的王子，而抓来的俘虏现在也从他们手上逃回去了。

伯爵那边呢，他与那个城市里的商人及圣殿骑士等一干人打好交道，他们非常乐意给予伯爵各种物资帮助。伯爵及其同伴住在城镇里，稍事休息后就启程上路前往罗马。伯爵及其同行求见了教宗。每一位都向教宗忏悔了内心的秘密，教宗听到以后，接受了他们的虔敬皈依之心，还亲切地安慰了他们。他为男孩主持了受洗仪式，为之取名叫威廉。他又让夫人重新归于神圣教会，并重新确认了夫人和提伯特骑士的婚姻关系，再次将他们结合在一起，同时让他们各自悔过，赎清过去的罪行。这之后，他们在罗马未尝久留，马上就离开了那给予他们极大帮助、让他们觉得重归上帝荣耀的神圣教宗。教宗给予他们上帝的祝福，把他们的命运托付上帝之手。于是他们心满意足、兴高采烈地踏上了归途，一路赞颂上帝及圣母，以及各路圣人，对于那些曾为他们作保的商人，他们也给予了谢礼。历经这许久时间，他们终于到达了家国之地，大批主教、修道院院长、修士和神父们，马上列队恭迎他们，虔诚地想一览朝圣者之尊容。然而人们最欢迎、最高兴其到来的，要数那位死而复生，而且还将她的丈夫、父亲以及兄弟从异教徒手中解救出来的夫人——正如我之前所述。好了，现在我们要离开他们一段时间，来讲讲那些渡海返乡的水手及撒拉逊人。

那些将伯爵一行带到布林迪西的水手及撒拉逊人，尽可能快地驶回去，借着一阵顺风到了奥玛瑞港口。他们登上陆地，都十分悲伤沉重，将他们的消息告诉了苏丹王。

苏丹王听到这一消息，也极为难过，而无论过了多长时间，无论周围人如何以理劝解，他的悲伤都无法排解。由于这一事件，他就稍稍迁怒于那位留在他身边的公主，把那仁爱之情稍稍收起。可随着少女长大，她的德性与智慧皆与日俱增，而异教徒也十分尊敬爱戴她，其名声远扬在外。不过苏丹王是如何为他的妻子与俘虏出逃一事大受打击，暂时按下不表，重新来看庞蒂厄伯爵这边。他回归故土，受到了与其地位相称的盛大尊迎和衷心崇敬。

庞蒂厄伯爵回到故土不久，他的儿子就受封为骑士，庆祝仪式十分盛大。他成了一名既有骑士风范又勇猛威武的骑士。他广受爱戴，而对于王国境内落魄潦倒的骑士同僚，他也十分慷慨，倾囊相助。而王国上上下下也无不敬爱他，因他是一位德行兼优的骑士，大方勇敢，风度翩翩，对自己人亲切，只有对敌人才会傲慢。哎，可惜他生不逢时，阳寿有限，没过多久就去世了，大家纷纷悲叹惋惜，举国哀悼。

现在，伯爵要举行一场盛大的宫廷宴会，而许多骑士和领主都受邀，环坐于他左右。其中有一位出身非常高贵，来自诺曼底世家的骑士，叫拉沃·德·布霍领主。这位拉沃领主有一位十分美丽可人的女儿。伯爵非常急切地与拉沃和少女的亲戚提起亲事，这样便让拉沃领主之女，同时也是拉沃名下头衔及财产的唯一继承人与威廉——也就是他的外孙，奥玛瑞的苏丹王之子——订下了亲事。威廉于是与这位少女喜结良缘，盛大的婚庆典礼极为华丽隆重。凭借他妻子的头衔，威廉后来也成为布霍的领主。

就这样，领地境内很长一段时间内都无战乱之虞。提伯特骑士与夫人破镜重圆，生下了两个儿子，他们长大后也成了受人尊敬的骑士。先前我们提到庞蒂厄伯爵的儿子，那位品性无可指责的好骑士，不久以后去世了，举国哀悼。而圣保尔的伯爵仍在人世，因此提伯特骑士的两位儿子就分别成了庞蒂厄与圣保尔两个领地的继承者，并且最后也顺利继承接掌了两个领地。而那位虔诚的夫人，即他们的母亲，因为心存忏悔，非常好善乐施；而提伯特骑士呢，只要他在财物方面力所能及，也仍然广施善行，一如过去。

　　而此时，夫人的女儿，留下来跟着父亲苏丹王在一起的公主，也一天比一天更善良懂事，受人爱戴。她的名字叫美俘，皆缘于她母亲扔下了她，让她留在了苏丹王的身边。这时，一位勇敢的为苏丹王打仗的土耳其人——名叫巴多斯的马拉金，看到了这位少女，其美丽容貌和优雅举止让他惊为天人，而有品行的人们关于她的美谈更是让他爱慕不已。他来到主人苏丹王面前，对他说："国王啊，作为给你效劳的回报，你的仆人想从这儿向你要求一件礼物。"

　　"马拉金，"苏丹王说道，"你想要什么礼物？"

　　"国王，我斗胆当着你的面向你要求她，如果她不是太高不可攀的话。"

　　已然洞察一切的苏丹王机智地回答道："那么你就大胆说出心中所想吧，因为我敬重你，也清楚记得你的功绩。如果我周围有什么——除了我自己的荣誉以外——可以赠予你的，那么尽管要求，保证归你所有。"

　　"国王，我清楚地知道，你的荣誉清白无瑕，对于这我也毫无微辞。可是我只求你将你的女儿——如果你愿意的话——赐予你的仆人，因为她正是这世界上我最梦寐以求之物。"

苏丹王保持沉默，思考了好一会儿。他清楚地知道，马拉金既勇敢又睿智，日后要拥有远大前程与荣耀功绩简直轻而易举。既然这位侍从自身条件如此优异，苏丹王就说道："以我国律法起誓，你这是向我要求一样珍重非常的礼物，因为我无比疼爱我的女儿，而且她也是我唯一的继承人。你很清楚这一昭然事实，即她有着法兰西最优秀、最勇敢的贵族血统，因为她母亲是庞蒂厄伯爵的孩子。可你确实也英勇无比，在我麾下忠诚效力，因此只要她本人同意，我也愿意将女儿许配给你。"

"国王，"马拉金说，"我绝不会拂逆她的意愿。"

于是苏丹王便叫来了公主。她来到他面前，他问道："美丽的女儿呀，如果你愿意，我要为你安排一桩姻缘。"

"国王，"少女答道，"你想要我嫁给谁，我都将欣然从命。"

于是苏丹王握住少女的手，说道："请迎娶她吧，马拉金，她是你的了。"

马拉金欢天喜地地迎娶了公主，婚庆仪式全是按照异教徒习俗而办。他所有的朋友都聚集一堂，满心欢喜地将公主迎进了家门。之后他就带着公主回到了自己的领地。苏丹王亲自带着一大批华服侍从，护送他上路。之后苏丹王便与公主和驸马道别，返回自己的领地。但有大批侍从遵从苏丹王的命令，跟从公主身边，继续侍候她。

马拉金回到了自己的领地，他的朋友们都非常高兴，欢迎他归来；他所辖全境的老百姓也衷心侍奉他、尊敬他。他和妻子长寿一生，相敬如宾，亦留有子嗣。而这位名叫美俘的夫人，正是后来那位有礼有节的土耳其人萨拉丁，即那位受人尊敬、睿智英武、征伐无数、战功赫赫的大苏丹的母亲。

维尔吉的女城主

　　有无数的人，大肆宣扬他们是忠诚守信之人，装作对他们所听到的隐秘之事能做到小心翼翼，以至于到后来，信以为真的人去找他们倾吐秘密。他们假装值得信赖，劝说那些单纯的人们敞开心扉，将爱情与遇到的事情吐露给他们，接着他们就大肆传播，弄得人尽皆知，他们俨然成为歌者以及娱神酬众之人。而那些倾吐秘密的人则没那么快活了。如果一方发现另一方将理应藏于己心的隐秘公之于众，那么爱情越浓烈，他们受到的伤就越痛楚。而这些管不住自己的舌头的好事吹嘘者，到最后，他们所过分鼓吹的爱情经常以让人心碎的悲剧结尾。

　　这样的事情就发生在勃艮第地区的一位勇敢高贵的骑士与维尔吉地区的一位女士身上。这位骑士对女士倾慕不已，而女士也极为温柔地回应骑士的爱情，而且他们之间有个约定：一旦他将这段情事泄露给外人，他就会失去她给予的爱情与恩宠。为保证这一约定，他们还这样商量好：让骑士某天在他的情人觉得方便的时辰来到花园。他必须先在墙后选一个秘密角落，藏起来，直至他看到女士的小狗跑过花园。之后他就确定他如此渴望见到的女士是单独一人在卧房里，他必须毫不耽搁，快速走进夫人的房间。他们试了一次，之后又以这种方式见面了很多次，屡试不爽。除了他们自己，没有外人知道他们之间甜蜜而禁忌的爱情。

这位骑士既彬彬有礼又仪容丰伟，并且因其骁勇善战，勃艮第的领主，即那位公爵大人非常赏识他。他经常出入宫廷，如此频繁，以至于公爵夫人渐渐看上了他。她的垂爱是如此的肆无忌惮、不加掩饰，以至于骑士如果不是另有爱人的话，一定会察觉出她对自己已然钟情。可不管她对他是如何的柔情万种，骑士毫不为之所动，因为他全然未察觉出她的意思。夫人为骑士这样对她而感到困扰，便选了一天将骑士叫到一旁，说有一忠言要告诫他。

"先生，众所周知，感谢上帝垂怜，你是一位勇敢而高贵的骑士。所以如果能有一位贵族女子做你的情人，其高贵地位使得她的垂怜能给你带来名誉和利益，这也是理所当然、毫不为过的。想想吧，如果有这样一位女子供你驱使，将是多好的一笔财富！"

"夫人，"骑士说道，"我从来没有过这种念头。"

"以我的信仰起誓，"夫人回答说，"在我看来，你等得越久，希望就越小。也许，只要你屈身献爱，那位夫人没准很乐意从那高高在上的王位上下来。"

骑士回答道："夫人，以我的信仰起誓，我实在不知道你为何要说这样的话，我对其中的意思一点也不懂。我非公侯子爵，实在不敢高攀如此高高在上的爱情。不管我多么努力，我想，我都配不上地位这么高的女子的爱情。"

"这种奇遇过去发生过，"她说，"将来也会再有。天下之大，无奇不有，比这更稀奇的事情多得数不胜数，并还会源源不断地来临。告诉我，你是否察觉，也许你已经赢得了像我这样的高贵女子的爱情？"

骑士马上回答道："夫人，我确实不知。我原本是愿意以光明大方、堂堂正正的方式拥有你的爱情的，可是上天已然让我们之间不可能存在这种感情，因为这会使我的主人蒙羞。我绝不会以任何方式搅入这种不智之举，因为这会对我主人一贯珍贵良好的名誉造成残酷的损害，这可就大错特错了。"

夫人见自己的求爱遭如此断然拒绝，她心里极为恼怒。

"呸，不要脸的家伙，"她叫道，"谁向你求爱来着！"

"哎，夫人，以上帝的名誉起誓，你之前说的话已经使你的意思再明白不过了。"

夫人再也不殷勤示爱于骑士了。她怒火中烧，心里充满了怨毒，以至于如果可能的话，她巴不得快点报复骑士呢。那一整天都她怒不可遏，到了晚上躺在公爵身边的时候，她首先开始叹气，接着再抹眼泪。于是公爵就问起她为何如此忧虑，令她坦率告诉他。

"哎，毫无疑问，"夫人说，"我如此忧心忡忡，是因为几乎没有君主能分辨，谁是忠诚部下，谁又是奸邪之辈。君主经常给那些奸邪小人更多地位与财富，胜过那些真正的朋友，对他们的罪行却毫不知晓。"

"以我的信仰起誓，夫人，"公爵说道，"不知你何出此言。至少我自己可不是这样，因为一旦发现某人是叛徒的话，我是绝对不会容忍他的。"

"那么请不要再容忍他了，"夫人大声将那位骑士的名字说了出来，"他让我不得安宁，他一直在追求我、骚扰我，逼迫我只要一息尚存，就一定要示爱于他。他打这个心思已经有很长一段时间了——据他说——可是不敢将意图说出来。我将整桩事体考虑了一通，亲爱的大人啊，这才斗胆向你和盘托出。我想，既然我们都没听说他在外面有恋情，那么他对我这边一定一直都抱着这想法。我向你禀报此事，就是指望你能好好维护我与你的体面和名誉，因为这是你的责任与义务所在。"

公爵听到这件事，神色立即变得十分严肃。他对夫人回答道："我一定会尽快将此事以合适的方式做了结。"

那一晚，公爵躺在床上，思绪不宁。他实在不能成眠，因为按夫人说的，那位骑士，也就是他的部下好友，竟对他做出如此大逆之举，不能不令公爵一改原本对他的敬爱。哎，他整夜都没法睡觉。第二天一大早他就起来，命令夫人谴责的那位骑士来觐见。哎，骑士本人实际上是问心无愧的。当宫廷中只有他们两人的时候，公爵便以男人对男人的方式质问骑士。

"毫无疑问，"他说，"你的性格这么好，又骁勇善战，可心中却不知廉耻，真是太让人难过了。我之前很长一段时间都将你视为信仰虔诚、忠心耿耿之人，至少对我而言，是个对我的赏识尽力回报的堂堂男儿，可你居然背叛我的信任，所以你对我是双重欺骗。我实在不知道，你是如何怀有向公爵夫人请求她垂怜于你这一奸邪念头的。你犯下如此大逆不道之罪，罪行之深重，世上难出其右。你现在离开吧，我将永远不会再让你回来。如果你胆敢回来，那可是自讨苦吃，因为我现在警告你，一旦我抓到你，那就要以极端不齿的方式处死你。"

骑士听到这一判决，又惊又惧，怒火中烧，以致他的五脏六腑都宛若翻江倒海。他想起他的爱人：如果他从公爵的领地被驱逐，那么他再也不能在此流连、来去自如地见他的爱人了，那将是重大打击。此外，他的主人不分青红皂白就将他视为不忠不义之徒，这也让他极为伤心。打击如此之大，他觉得自己也惨遭背叛，宛若行尸走肉。

"爵爷，"他说，"以上帝的名义起誓，绝无此事，我不可能如此胆大妄为。我可以保证，你所指控我的罪行，我是从来也不曾想过的，一天，乃至一个时辰都不曾。那个对你撒下这弥天大谎的人，才是犯了大错。"

"你这般抵赖，对你自己可无任何好处，"公爵回答道，"事情必定千真万确。因为我是从她的口里亲自听说的，说你如此百般矫饰地骚扰她，向她求爱，行径恰似一个生性嫉妒的叛徒所为。至于你可能说过的诸多用词，夫人为了谨慎起见，并没有一一复述。"

"夫人想说什么自可说什么，"难过的骑士答道，"因为对你而言，你显然看重她的一面之词胜过我的言辞。到现在这个地步，无论我说什么，做什么，也难以打消你的怀疑，让你相信这项指控并不成立。"

"可事情就是如此，以我的灵魂起誓。"公爵说着，想起了他夫人说的某些话。他想起夫人信誓旦旦说他的骑士从来不曾传过在外有情事的绯闻，如果这是真的，那么此事就确凿无疑了。于是公爵对骑士说道："如果你能凭信仰起誓，如实回答我的问题，那么你的回答就会让我确认，对于我所谴责于你的罪行，你究竟是做了还是没做。"

骑士此刻只有一个心愿，即压下他主人的怒火，因这无稽之火落在他头上实在是莫名冤枉。而他最怕的，还是从这住着他心头最爱的人的领地被流放驱逐。对公爵的盘算，他一无所知，还以为他的问题应只与那一件事情有关；于是他不假思索、真诚坦率地回复说，只要公爵发问，他一定如实回答。为此他还发了誓，而公爵也接受了他的誓言。

这些完成之后，公爵便开始提问题了。

"我一直以来赏识你，敬爱你，所以打从心底不相信你会做出公爵夫人指责你的这种无耻勾当。要知道，如果不是你，而是另有其人成为这桩疑虑的当事人的话，我是绝对不会给予他们我对你这样的信任的。从你脸上的神情，以及你对外表及风度的注意，这一连串细节，任何人都能轻而易举地看出，你是爱上某位女士了。而宫廷内外没有人知道你是对哪位小姐或夫人动了心，所以我就有所疑问，是不是你所爱的就是我的妻子，因为她告诉我你猛烈追求她。所以除非你能亲口告诉我，你另有爱人，明明白白地打消我的疑虑，让我知道实情而觉得安心，不然这份疑虑就会一直在我心头萦绕。而如果你拒绝告诉我你爱人的名字，那么你就背叛了之前发的诉说真相的誓言，而从此以后，你也将会从我的王国里被驱逐出去。"

骑士现在无可奈何了。他觉得自己仿佛正处于分岔小径的端口，而两条路都是死路。如果他说明真相（他必须如此，不然就是背誓者），就是死路；因为若是做下此等错事，他就是背离了他与他的爱人之间许下的诺言。一旦她知道，他就会马上失去她的爱。可若是他将真相对公爵这边瞒而不报，他就是背离了对公爵的誓言，因此他会同时失去家园与爱人。他对家园较少有顾虑，他只求能保住自己的爱情，因为在他所有的财富里面，他的爱人无疑是最珍贵的。骑士回想起搂住爱人在怀中的欢欣与慰藉、柔情与快乐。他又思虑良久，若是因为他的不慎举动，于她造成伤害，或因不能带她去他流放之地而永远地失去了她，那么没有了她，他该怎么活下去呢？骑士之心情，恰似那位库西的城主，而后者曾让爱情长驻心田，并为此赋歌：

啊，上帝啊，热切的爱情，我坐在这儿，独自啜泣，心中回想起我曾有过的慰藉；

我的爱人，我的同道，我的天堂，显示于我的温柔姿态，一举一动。

可当哀愁夺取了那本属于我的欢乐，我宁愿心在胸口被撕裂。

啊，上帝啊，甜言蜜语如今消散，美丽容颜也随风而逝；请让我逝去、躺倒、接受赦免吧！

如此，骑士便万分焦虑，因为他不知道是否应道出实情，或是继续掩瞒，而被驱逐出王国。

正当他思虑万千，绞尽脑汁权衡到底该如何是好时，他心上焦虑悲伤，情动于中而形于色，眼中流出泪水，打湿了脸庞，因为做这样的选择实在是痛苦两难。而另一方面，公爵也和骑士一样沉重，因为他已经认定，骑士是由于要掩盖那后果沉重的隐秘罪过，才不敢坦白。于是公爵马上就对骑士说："我明白，你不敢像一位骑士信任他的领主那样，全然信任我。可如果你将你的隐秘故事私底下告诉我，你大可放心，我绝对不会说出去。我宁愿自己的牙齿一颗一颗全部被拔出来，也不会将你的隐私透露一个字的。"

"哎，"骑士大声说道，"以上帝的慈爱起誓，可怜可怜我吧，爵爷。我真的不知道应该说什么，对即将发生在我头上的命运也一无所知；可是如果我的爱人得知，你已然知道实情，并且是由我口中透露的，那么我宁愿去死，也不愿意承受我说出这秘密的后果。"

公爵回答说："我以我的性命和我的灵魂，以我的信仰，以我为了回报你对我的尊重而返还于你的敬爱之情起誓，我这一生永远也不会将这一事项透露给另外任何人，不会透露任何一个字，也不会留下任何一个暗示。"

于是，脸上泪水打着转的骑士便对他说："爵爷，不管是对还是错，现在我就向你坦白我的秘密。我爱上的是你在维尔吉的侄女，而她也钟爱于我，所以我们是两情相悦，无人能及。"

"如果你想要被信任，"公爵回答道，"现在告诉我，除了你们两人，还有谁知道这一情事？"

骑士回答道："没有，世上没有任何人。"

于是公爵说道："少有爱情能像你俩之间的这般隐秘。如果无人知道你们的这段感情，那你们是如何会面，又是如何安排好见面的时间和地点的呢？"

"以我的信仰起誓，老爷，我将完整地告诉你，无所隐瞒，因为你现在已经知晓这件事了。"

于是骑士就将他如何与爱人随心所欲地见面、与他的爱人许下的保持秘密的誓言，以及如何凭小狗为记号见面，原原本本地告诉了公爵。

公爵于是说道："那么我要求，你下次与你的爱人见面时，也让我在场。你下次进入花园时，让我也跟着进入，这样我就可以亲眼一见，你们的伎俩是怎样奏效的。至于我侄女，我是不会让她发现的。"

"老爷，如果你愿意，那么我也欣然同意；不过，希望你别觉得太累，因为要知道，我今晚就会赴会。"

公爵说，那么他也要跟着去，因为对兴致勃勃的人来说，不但不会累，这反而是一种消遣和游戏。于是他们确定好了一处见面的地方，到了以后便一起行动，约定好以后，他俩便各自离去。夜幕降临时，他们来到了公爵侄女的住所，因为她住得一点也不远。他们没在花园逗留太久，公爵立即就看见了他侄女的宠物狗径直向花园尽头骑士藏身的地方跑去。骑士非常友好地逗着小狗，马上就快速走到爱人的卧房去了，只留下他的主人还躲藏在花园墙边的隐蔽之处。公爵于是偷偷尾随着，靠近了侄女的卧房，然后尽可能将自己隐藏起来。这样做非常容易，因为附近就有一棵高大而枝叶繁茂的大树，所以公爵能一丝不漏地藏身于此。从那个位置，他看见小狗跑进了卧房，接着又看见他的侄女从房里出来，快步走向骑士以迎接她的爱人，两人相见甚欢。公爵离房间非常近，他们见面的各种温存细节，他都可以看到，并且听得一清二楚，包括她口中说出致敬之语，以及手势的挥舞。她洁白的手臂紧紧地将骑士搂在怀里，亲吻了他无数次，又说了很多甜蜜的情话。而骑士呢，也回吻她，紧紧抱着她，也说了无数甜言蜜语。

"我的女士，我的恋人，我的爱，"他说，"我的心灵，我的女主人，我的希望，这些我珍视之物，无一不见证着，我日日夜夜都在盼着像现在这样见你，以一偿相思之苦。"

"亲爱的爵爷啊，亲爱的恋人吾爱，"夫人回答道，"我们分开的每一天，我真是度日如年。可现在我终于不再悲伤了，因为你与我在一起，我心欢喜，不可名状。我是多么盼望你的到来啊。"

骑士回答道："爱人，我也衷心盼望你的到来。"

从他临近卧房入口的藏身之处，公爵将每一个字都听得清清楚楚。他对于他侄女的声音和面庞实在是再熟悉不过，因此他现在可以确信了，是他的夫人在撒谎，而现在也已经确认了，骑士并没有犯下那件对不起他的大过，他觉得非常满意。整个晚上，他都藏在一旁，守望偷听。正当公爵偷看的时候，他侄女与骑士，在卧室里亲密无间、一夜无眠，他们所感受到

的欢乐与柔情，是不足为外人道的，只除了那些也一心向往爱
情之拂煦的人们、那些以爱疗伤的人们。因为外人若对此种欢
欣柔情毫不心动，那么就算告诉了他们，他们也只是视而不
见、听而不闻，因为他们的心并没有真正地臣服于爱情，所以
除非爱情本身亲自在他们耳边呢喃，他们是无从了解爱情的博
大与丰饶的。而且也仅仅是部分人才有资格进入爱情的国度，
因为若进入其中，便只有欢喜，殊无愤怒，而就连区区哀愁也
与满足欣慰如影随形。啊，可是甜美的事物总是转瞬即逝，因
而对于爱人来说，他的欣喜满足只是暂时的，总要落空。可爱
情中的生命是如此愉悦，以至于爱人总是希望将一晚上延长至
一星期，将一星期延长至一月，将一月又延长到一年，将一年
延长至三年，将三年延长至二十年，而将二十年最后延长到
一百年。哎，当时日将至，他真恨不得此时此刻的熹微时光是
前一晚的日落时刻，而不是今晨的日出之时、告别时分。

　　正在花园里的公爵所等候的那对爱侣就是这种情况。当
天光破晓，骑士无法再久留时，他与爱人来到门口。公爵于是
看到了他们道别的情形：他们亲吻了无数次，又不断地叹息流
泪，直至分别时刻。而当他们泪流不止，约定了下次见面的时
间之后，骑士就离开了，夫人则掩上了门。可只要她还能看
见他，她那双秋水明眸就一刻不停地目送他，直至骑士消失
不见。

　　当公爵知晓后门已经紧紧关上以后，他就赶紧走上小路，
直至赶上骑士。骑士此刻正暗自嗟叹时间过得飞快、欢乐时光
太过短暂呢。哎，这些嗟叹用辞也正好是他情人在分别时哀叹

过的：因光阴似逆旅，从来拂悖人意，黎明将至，徒增烦恼。
骑士正沉浸在愁思哀叹中，却被公爵赶上。公爵拥抱着他的朋
友，亲切地向他打招呼，然后说道："我在此发誓，要一辈子
都敬你爱你，再也不会任意冤枉你，因为你对我讲的全是实
话，一个字也没撒谎。"

　　"爵爷，"骑士回答说，"万分感谢您的信赖。可是为
了上帝的爱，我要求你，请求你，一定要对此事保密；因为如
果她发现王国里除我以外的人知道了这桩恋情，我就会失去我
的爱，以及我生活中的安宁和慰藉，是的，我将不明不白地
死去。"

　　"从今以后，我永远也不会透露这件事情，"公爵回答
道，"我将永远保守这一秘密，一个字也不透露出去。"

　　订下了这么个约定，他们就各走各路，回去了。那天，
在宫廷筵席上，公爵对骑士表现得格外友好，比之前任何一次
都更和蔼可亲。公爵夫人则对此恼恨在心、愤愤不平，她一下
从桌边贸然站起，假装突然生病，回到自己的房间躺在床上，
却怎么也睡得不舒服。公爵宴饮洗漱完毕，饭后的娱乐项目也
结束之后，他才回到了妻子房间。他命令她起身坐在床上，告
诉仆人除了他自己，谁也不许进来。这样，所有的仆人都遵照
他的旨意退下了。这时公爵才开始询问夫人，为何会突然不舒
服，究竟是出于什么原因。夫人回答说："哎，愿上帝作证，
我曾告知于你，那个无耻之徒曾如此羞辱欺负我，而我见你
在一旁和那位相处甚欢，如此寡廉鲜耻，我可再也无法与你坐
在桌边一起用膳。当我看着你款待他是如此的尽心尽力，远超

你的分内，我内心无比震怒和忧愁，以至于我没法在那个大厅里再多待一刻。"

"亲爱的人儿，"公爵答道，"你要知道，我现在可不相信你之前编造的那个故事了——不管是从你这里还是从这世界上任何人口里听来。我对他的事情已经知之甚深，所以可以不追究他了，因为我现在有万全把握，他连做梦都没有梦到过这种事。可是这件事你也不要再深究于我了。"

公爵径直走出卧房，留下夫人一人陷入思索。现在，只要她还活着一刻，她就永不得安宁了，直到她将那个公爵禁止她盘问下去的秘密弄个水落石出为止。对于公爵的断然拒绝她也无所谓了，因为她心中已经飞快设好一计，要解开这个秘密，只需忍耐等到晚上，公爵在她怀中温存的时分。她已经算计好了，温言软语的甜蜜陷阱比起震怒或眼泪，更有助于达成她心愿。心怀这一目的，夫人表现得格外忸怩，而当公爵过来躺在她身边时，她远远地缩到床的另一边，显出他的到来让她很不高兴的样子。她清楚地知道，此种显示愤怒的姿态伎俩，能使公爵更好地顺从她。于是她转过身去，背对着他，这样反而更加能吸引公爵的注意力。而也因为这样，公爵一开始吻夫人，她就大声说道："你从来都没有真正地爱过我一天，却装出一副爱我的样子，真是虚伪奸诈、狡猾不忠之徒。我们结婚这么许久，我真是太傻了，居然相信你那副竭力显出的看上去由衷爱我的样子。今天我可算明白了，我可是受骗了。"

"你怎么被骗了？"公爵询问道。

"以我的信仰起誓，"她大声说道，内心的欲望让她不得安宁，"你警告我，对于那桩秘密的事项，我不能再询问半分。"

"以上帝的名义，亲爱的夫人，是哪桩事项？"

"就是那个骑士告诉你的、对你撒谎、让你相信的编造出来的故事。可现在我知不知道也无所谓了，因为做你身边真诚而挚爱的妻子可没什么好处。不管是好是坏，我总是将想法和建议告知你。所有的想法和心思，我总是第一时间对你知无不言，言无不尽；可你呢，我如此好意对你，你却要将你的想法对我隐瞒。现在，我再也不会将信任托付于你了，再也不会像过去一样，温柔地以好意待你了。"

说到这里，公爵夫人开始抹泪叹气，尽她最大努力显出一副最可怜哀伤的样子。公爵见她如此，心里非常同情，于是对她说："最美丽的、最亲爱的人啊，你的怨恨憎怒我是受不了的；可你要知道，我若是告诉你那你想知道的事，这无疑会对我的荣誉和人格造成巨大的损害。"

夫人于是马上回答道："夫君，如果你不告诉我，那原因只可能是你不信任我，不信任我能就此事保密。这一点我更加感到怨恨，因为过去所有你告诉过我的消息，事无巨细，我可从来没有说出去过。我可以老实告诉你，在这件事情上，我一定会以前所未有的谨慎来对待的。"

公爵夫人说到这里的时候，又显出眼泪汪汪的样子。公爵于是吻了她，并拥抱着她，善感软弱的心灵终于腐蚀了遵守誓言的决心。

"美丽的夫人，"他对她说，"以我灵魂起誓，我可真束手无策了。我是完全信任你的，我应该对你无所隐瞒，知无不言，言无不尽。可是我仍然害怕你会走漏消息。那么这样吧，夫人，我在此重申，如果你将这个消息说出去了，那么你就得以死偿罪。"

公爵夫人回答道："我同意这个协议，因为我是不可能对你犯下这种大错的。"

于是凭着他的信仰以及对她所发下的誓的信任，爱着夫人的公爵便把关于他侄女的故事，那从骑士那里听来的故事，原原本本、一字不漏地告诉了夫人。他告诉她，这对情侣是如何在高墙背角处，以小狗跑来为信号，约定见面的；他告诉了夫人，骑士是如何进入他侄女的卧房，又是如何出来的。他毫无隐瞒，一股脑地将他知道的一切全部告诉了公爵夫人。而当公爵夫人得知，她这样的贵妇的屈尊之爱居然败给了一位出身不如她的宫廷女子之后，她顿觉奇耻大辱、苦涩万分。可表面上，她还装得若无其事的样子，对公爵保证说她一定会保守秘密，并起誓若是事情有半点走漏，他就可以将她吊死在树上。

之后，公爵夫人便终日忿恼，在跟公爵侄女当面说话前她将不得安宁，从她知道她侄女就是骑士的爱人、正是她的奇耻大辱之源的这一刻起，恨意便油然而生。她知道，是因为侄女的缘故，骑士不能回报她单方面俯尊屈膝给予他的爱情。而她一再下定决心，若是再次见到公爵与他侄女谈话的场合，她就一定要冲过去，将她的忿恨与恶毒心思一股脑倒出，毫无保留。可她一直没有找到合适的时机，直至圣灵降临节来临。公爵要举行一场宫廷盛宴，下令境内所有的贵族女子都要到场，其中就包括那位女士，即他侄女，维尔吉的女城主。公爵夫人一看到她，就血脉偾张，因她正是其眼中钉、肉中刺。可公爵夫人仍鼓起勇气，很好地掩饰住她的恶意，比以往都要亲切愉悦地向那位女子致意。可她胸中的熊熊怒火，仍恨不得一倾而出，再也拖延不得。圣灵降临节这天，餐桌已经收走，而公爵夫人则带着众女士来到她的卧房，以避开众人更从容地洗漱换衣，为即将开始的舞会做准备。公爵夫人认为时机已到，便再也管不住自己的嘴，就以欢快活泼、仿佛是开玩笑的方式说道："这位女城主，请将你自己打扮得漂亮一点，因为正有位英俊高贵的爵士在等着你呢。"

可那女士仅简短回答："说真的，夫人，我不知道你指的是什么，可就我而言，我还尚未拥有情郎呢，这既有损于我的名声，又于我主人的尊严名誉不利。"

"我自然知道，"公爵夫人回答说，"你是一位很优秀的女主人，而且你那条小狗也是训练有素、颇通人意呢。"

女士们跟着夫人返回了大厅，舞会即将开始了。她们听到了整出谈话，却不能明白其中的意思。只有女城主单独留在了卧室里。她的脸色大变了几次，而因为愤怒和焦虑，她的心在胸腔里怦怦地跳动着。她走入一间休憩室，其时正有一名女仆躺在床脚。可是因为悲伤过度，女城主并没发现她。女城主一头扑到床上，哀叹她的悲惨命运，悲恸不已。她说："哎，我主上帝啊，请可怜可怜我吧！这是什么意思呀，由于我训练小狗养成习惯，现在她居然因为这个教训我！这个事实不可能是别人，只可能是从我爱的那位那里听到的，哎，他现在背叛我

了。除非他已经成了她的爱人，而且爱她胜过爱现在被背叛的
我，否则他不可能让这消息走漏出去的。现在我可知道他发的
誓一文不值了，他竟如此轻易就背弃我们之间的盟誓。亲爱的
上帝啊，我是如此热忱地爱他，超过天底下任何一个女人，日
日夜夜，从来也不让他离开我的思绪一刻。他就是我的欢乐、
我的快活，在他那里我才能找到我的福祉、我的愉悦；仅仅只
有他才能给我带来慰藉与安抚。哎，我的爱人，事情为何到如
此地步。即使我的眼睛看不见你，心里也总是有着你。是什么
样的邪恶命运降临到你头上，使得你要如此背信弃义？我一直
认为你的感情是最真挚的——比特里斯丹对伊索尔德更甚。
哎，愿上帝保佑我这个可怜的傻瓜，我对你的爱远远超过对自
己的爱一倍有余。在我们的关系中，从始至终，我都没有做过
任何对不起你的事情、说过任何对不起的话，脑海中也从不
曾出现过任何对不起你的念头。不论是大事还是小事，我这边
从来没有做错过任何事情可以让你如此憎恶我，让你能犯下如
此恶毒的背叛之罪，在新人的面前嘲笑我们的爱情，丢弃我，
将我们之间的秘密大白于天下。哎，我的爱人，我实在不能理
解，因为上帝可见证，我从不曾以这种方式对你呀。即使上帝
许诺要给我世界上所有的王国，是的，以及他的天国——那极
乐世界，如果是要以失去你为代价，我也会很欣然拒绝的，因
为你就是我的全部财富、我的歌声、我的健康。而得知你已不
再爱我，这是对我最深的伤害了。哎，忠贞珍贵的爱情！谁会
想到，那个我曾温柔地献上自己全部的人，曾对我说我的身体
和灵魂都全然属于他，而他将会为我万死不辞的人，为什么会

给我这样的打击呢？是的，他曾如此对我温言软语，以至于我全身心地相信他，从来不曾料到他竟会因为公爵夫人或为哪位王后的缘故，对我怀抱恶毒忿恨至此。哎，这段恋情已深深在我的心上狠狠砍下一刀，到如今又有何价值呢？我一直将他当作我的恋人，年轻时欢愉，到老也至死不渝；因着我们之间深厚的感情，若是他先死，我是绝不会独自偷生的。死若能同穴，就算是坟墓也要比活着却永远看不到他的世界更令人向往得多呢。哎，忠贞珍贵的爱情！他竟忍心如此对待我们之间的感情，将它公之于众，这样对待没有做过任何对不起他的事情的我，究竟情何以堪！当我满心欢悦，献给他我的爱情的时候，我就曾真诚告诫过他，与他立下誓言，告诉他一旦将我们之间的恋情公布于众，他就将立即失去我。现在分手在即，遭此噩耗，我已无法活下去；并且就算能活，我也已然不想苟活下去。哎，对我来说，生活已然失去欢乐。既然生无可恋，我要向上天祈祷，只求速死，而且我对他如此珍爱非常，他对我却如此以怨报德，请求上帝宽恕我的灵魂吧！他的错行我要原谅，但愿上帝也能将荣光与生命赐给那位背叛我、判了我死刑的负心人。哎，因他的缘故而死，死亦有何畏惧？想到他过去对我的爱情，即使为他而死也无悔无怨了。"

女城主说完此番话之后，就保持默然了，只简单哀叹了一句："亲爱的人啊，我将你献与上帝。"

话音刚落，她双臂紧紧地扶着胸口，她的心停止跳动了，她的脸庞失去了润泽的颜色。巨大的悲伤让她昏死过去了，她躺倒在床中央，浑身苍白，毫无生气，停止了呼吸。

　　可她的爱人对这些还一无所知，因为他正在舞厅里欢欣雀跃、翩翩起舞的人群中寻找他的心上人呢。舞厅里的所有女士，他视而不见，因为他看不到自己心已所属的那一位，他深深叹息。他将公爵拉到一旁，对他耳语道："爵爷，你的侄女为何耽搁如此之久，尚未出席舞会？你是将她关起来了吗？"

　　公爵环顾四周，因为他还没留意到跳舞的人群。他抓着骑士的手，径直将他领到夫人的房间。没有看见侄女在那里，他便让骑士大胆进入休憩室去寻找她，他的这一体贴周到的举动为的是让两位爱侣能单独在一起，亲吻温存一番。骑士谢过他的主人，便蹑手蹑脚进入了房间。他的爱人正浑身黯淡、毫无颜色地躺在床上。骑士认为已然是约会时机，便抱起爱人，触到她的嘴唇。可他马上发现她的嘴唇冰冷，身体苍白僵硬，浑身上下已然生气全无。他大惊失色，马上大声喊道："这是怎么回事？啊，我亲爱的人已经死去了吗？"

　　这时一直躲在床脚边的侍女出来了，回答道："老爷，她确实已经死去。因为她自来到这间屋子，似乎就一心只求速死，说是因为她爱人的背叛。这是我的女主人让她知晓的，我的女主人开玩笑地提到了一只小狗。她是悲伤过度而死的。"

　　当骑士得知是他告诉过公爵的那些话，杀死了他的爱人，他立刻悲恸不能自已。

　　"啊，"他说，"亲爱的人啊，世上任何一位骑士都不曾拥有过的、最美丽善良的、真诚忠贞的人啊，我怎么就像一位阴险无耻的叛徒那样，将你害死了！如果上天能让我对自己的所作所为付出代价，而你，安然无事，那该多好。可是，你太过忠贞不渝，最后付出代价的是你自己。那么，现在我也要为我的背叛行为做个了断，还你公道。"

骑士从墙上挂着的一个剑鞘中拔出一把剑，刺向自己的心脏。他由于疼痛跌倒在他爱人的尸体上；这一剑非常用力，他流血不已，很快死去。侍女看到这对毫无生气的爱侣，惊恐不已，马上从房间中逃出来，立即将她的所见所闻一五一十地禀告给公爵。她对他讲述了事情是如何开始的、有关那只小狗的细节，以及公爵夫人对此说了什么话。

现在，听好下面发生了什么。公爵径直走到那间休憩室，将那把骑士自戕的剑抽了出来。他一言不发，快速来到宾客齐聚一起正跳着舞的大厅。进入大厅他就马上兑现了他的承诺，用手里提着的那把出鞘的剑将公爵夫人的头砍了下来。他砍出去的时候仍然一语不发，因为惊骇愤怒让他说不出话来。这样，当着领地里所有来参加盛宴的爵爷的面，公爵夫人倒在他的脚边。欢宴的人群大惊失色，因为欢欣快乐已转眼为鲜血和死亡所取代。之后，在那些对发生的一切深感纳闷的人们面前，在宫廷之上，公爵再迅速大声地讲述了这个悲惨的故事。在场所有人无不潸然泪下，而目睹两位爱侣的尸身在小房间内躺在一起、公爵夫人横死于宫廷中，更让人唏嘘不已。宫廷上下又悲又怒，因为这出事件带来了巨大的不幸。第二天公爵就命人将这对爱侣合葬在一起，公爵夫人另葬别处。可对于这桩故事，公爵心中的痛苦与罪恶感也不能释怀，从此他失去了欢乐。后来他便背负起十字架，去往海外，加入了圣殿骑士团，从此再也没有返回故土。

　　啊，上帝！所有这些祸害及不幸皆是缘于那位骑士，将那本该隐藏的泄露了出去，将他的爱人让他为了保持爱情的缘故而禁止说出的说出去了。这个例子可以告诉我们，爱情无法讲述。那些夸夸其谈、炫耀他们恋情的人，将再也得不到亲吻；而那些谨慎的爱人才得以保存生命、爱情与名誉。因为谨慎得体的爱侣之间的爱情，才会固若金汤，从来不会在那些费尽心思打探他们邻人隐秘之爱的、虚伪狡诈的不齿行为之下沦陷。

地名人名译名对照表（按英文字母顺序）

Albania　阿巴尼亚（地名）

Acre　阿克（地名）

Alys　埃尔斯（地名）

Anjour　安茹（地名）

Arthur　亚瑟（人名）

Aumarie　奥玛瑞（地名）

Avalon　阿瓦隆（地名）

Barfleur　巴弗勒（地名）

Baudas　巴多斯（人名）

Bisclavret　比斯卡拉瓦瑞特（布列塔尼语中狼人之音译）

Boulogne　布罗涅（地名）

Brabant　布拉班特（地名）

Brangwaine　布兰维恩（人名）

Bretons　布列塔尼人

Brindisi　布林迪西（地名）

Brittany　布列塔尼（地名）

Burgundy　勃艮第（地名）

Buron　布隆（人名）

Caerleon　卡尔利恩（地名）

Caerleon-on-Usk　卡莱斯利（地名）

Caerwent　卡尔文（地名）

Castilian　卡斯蒂利（地名）

Chepstow　切普斯都（地名）

Constantinople　君士坦丁堡（地名）

Cornwall　康沃尔（地名）

Couci　库西（地名）

Coudre　珂黛瑞（人名）

Dansellon　唐瑟兰（人名）

Dol　多勒尔（地名）

Dommare　多马尔（地名）

Douglas　道格拉斯（地名）

Eliduc　埃律狄克（人名）

Equitan　埃奎坦（人名）

Eudemarec　尤得马瑞克（人名）

Exeter　爱克赛斯特（地名）

Flanders　佛兰德斯（地名）

Fleming　弗兰芒人

Frene　芙蕾娜（人名）

Garlicia　加利西亚（地名）

Garwal　盖尔瓦尔（诺曼语中狼人之音译）

Gascony　加斯科尼（地名）

Gawain　高文（人名）

Graelent　葛瑞兰特（人名）

Gugemar　奎格马尔（人名）

Guildeluec　吉尔德律刻（人名）

Guillardun　吉拉尔顿（人名）

Hainault　霍诺特（地名）

Humber　汉伯（地名）

Ireland　爱尔兰（地名）

Isolde　伊索尔德（人名）

Jutland　加特兰（地名）

Launfal　隆法尔（人名）

Laustic　劳斯狄克（布列塔尼语里夜莺之音译）

Lincoln　林肯（地名）

Logres　罗洛士（地名）

Loraine　洛林（地名）

Malakin　马拉金（人名）

Marie　玛丽（人名）

Mark　马克（人名）

Meriadus　梅里亚德斯（人名）

Milon　米隆（人名）

Nantes　南特（地名）

Neustria　纽斯特里亚（地名）

Nogent　诺臻特（人名）

Norman　诺曼人

Normandy　诺曼底（地名）

Northumberland　诺桑伯兰（地名）

Norway　挪威（地名）

Octavian　奥古斯都（人名）

Oridial　欧里狄亚（人名）

Orpheus　奥尔菲斯（人名）

Ovid　奥维德（人名）

Picts　皮克特人

Ponthieu　庞蒂厄（地名）

Preaux　布霍（地名）

Priscian　普里西安（人名）

Pristres　皮斯特里斯（地名）

Pristrians　皮斯特里斯人

Raoul des Preaux　拉沃·德·布霍（人名）

Raoul　拉沃（人名）

Rheims　莱姆斯（地名）

Rome　罗马（地名）

Rossignol　罗斯辛格诺（法语里夜莺的音译）

Saint Malo　圣马洛（地名）

Saladin　萨拉丁（人名）

Salerno　萨拉诺（地名）

Saracens　撒拉逊人

Scots　苏格兰人

Semiramis　赛米拉米斯（人名）

Sendal　森德尔（地名，后演变为与地域有关的织料特产）

Solomon　所罗门（人名）

South Wales　南威尔士（地名）

Southampton　南安普敦（地名）

Spanish　西班牙的（地名）

St. Aaron　圣亚伦（地名）

St. James　圣雅各（人名）

St. Mary　圣马利亚（人名）

St. Pol　圣保尔（地名）

St.Clement　圣克莱门蒂（人名）

St.John　圣约翰（人名）

St.Nicholas　圣尼古拉斯（人名）

Tamplar　坦伯拉（地名）

Thibault　提伯特（人名）

Tintagel　廷塔格尔（地名）

Totenois　托特诺瓦（地名）

Tristan　特里斯丹（人名）

Turk　土耳其人

Venus　维纳斯（人名）

Vergi　维尔吉（地名）

Wales　威尔士（地名）

William　威廉（人名）

Yonec　尤内克（人名）

Yvain　伊万（人名）